INSÔNIA

Título original: *Insônia*. Publicado pela primeira vez no Brasil em 1947.

Grafia conforme o novo Acordo Ortográfico da Língua Portuguesa.

1ª edição, 2025.

Editores: Jair Lot Vieira e Maíra Lot Vieira Micales
Coordenação editorial: Karine Moreto de Almeida
Produção editorial: Richard Sanches
Edição de textos: Marta Almeida de Sá
Assistente editorial: Thiago Santos
Preparação de texto: Maria Fernanda de Souza Rodrigues
Revisão: Thiago de Christo
Diagramação: Mioloteca
Capa: Ana Luísa Regis Segala, sobre arte de Andrés Sandoval

Dados Internacionais de Catalogação na Publicação (CIP)
(Câmara Brasileira do Livro, SP, Brasil)

Ramos, Graciliano, 1892-1953
Insônia / Graciliano Ramos. – 1. ed. – São Paulo : Via Leitura, 2025.

Título original: Insônia

ISBN 978-65-87034-57-7 (impresso)
ISBN 978-65-87034-58-4 (e-pub)

1. Ficção brasileira. I. Título.

24-227888 CDD-B869.3

Índice para catálogo sistemático:
1. Ficção : Literatura brasileira B869.3

Tábata Alves da Silva - Bibliotecária - CRB-8/9253

VIA LEITURA

São Paulo: (11) 3107-7050 • Bauru: (14) 3234-4121
www.vialeitura.com.br • edipro@edipro.com.br
@editoraedipro @editoraedipro

O livro é a porta que se abre para a realização do homem.

Jair Lot Vieira

Graciliano Ramos

INSÔNIA

Prefácio de Micheliny Verunschk

VIA LEITURA

Sumário

Prefácio
Onde bichos invisíveis acordaram

No dia 3 de março de 1936, o escritor Graciliano Ramos foi preso em Maceió como parte da política persecutória de Getúlio Vargas, após a Intentona Comunista de 1935. Acusado de associação ao comunismo e de ter sido simpático à conspiração, Ramos é levado ao Rio de Janeiro no porão de um navio e fica preso durante onze meses. Foi solto em 13 de janeiro de 1937, depois de uma longa campanha por sua libertação encabeçada por José Olympio, seu editor, e pelos escritores José Lins do Rego e Augusto Frederico Schmidt.

A prisão atravessou a produção literária do escritor de forma incontornável; a partir dela, Ramos passou a se dedicar com mais empenho à escrita confessional e a gêneros mais curtos, como o conto e a crônica. Ainda na prisão, em agosto de 1936, publicou o romance *Angústia* e, depois que foi libertado, em março de 1938, lançou o seu quarto e último romance, o festejado *Vidas secas*. Os anos de cárcere parecem ter imprimido no autor um outro ritmo, uma outra mirada, dos quais *Vidas secas* parece ser o ponto de inflexão.

Insônia, terceira antologia de contos de Graciliano Ramos, publicada em 1947, talvez seja a mais conhecida coletânea de narrativas curtas do escritor. Sob esse título (que, de certo modo, faz um paralelismo com o título *Angústia*, romance de 1936) estão reunidas treze narrativas que, com exceção dos contos "Uma visita", "Luciana" e "A testemunha", já haviam sido publicadas antes na coletânea *Dois dedos* (de 1945). Antonio

Candido[1] percebe na escrita de Graciliano Ramos duas grandes forças: de um lado, a lucidez e o equilíbrio; do outro, os impulsos interiores desordenados. Em *Insônia*, essas linhas de força estão constantemente em fricção, não apenas dando um sentido de unidade ao livro como também compondo um panorama caro à compreensão do indivíduo diante dos desafios do perturbado século XX.

Uma atmosfera crepuscular e desestabilizada envolve *Insônia*, e o espírito da época apresenta sujeitos disputados por instâncias quase microscópicas de poder. Nesse sentido, o conto de abertura, homônimo ao título, é paradigmático. O tique-taque do relógio, ao ser transfigurado na pergunta monstruosa "Sim ou não?", é a própria esfinge do tempo, o "pêndulo inexistente", contrapondo o espaço do desejo, da individuação, ao rumor violento e homogeneizador do mundo. O sono interrompido por uma realidade opressiva inaugura um espaço inapreensível em que o real se esvai e passa a fazer pouco ou nenhum sentido. E, assim, a fragmentação individual é política, porque todo o mundo se configura imobilizado diante da escolha binária que parece ser inescapável.

Esse indivíduo e sua consciência "graciliânica" encontram eco no Gregor Samsa, de *A metamorfose*, de Franz Kafka, e no Sutúlin, personagem do conto *O Quadraturin*, do russo Sigismund Krzyzanowski, mas também em *O visconde partido ao meio*, de Italo Calvino. Se, em Samsa, a consciência monstruosa do tempo afeta o corpo que mal pode se movimentar dentro do quarto e, em Sutúlin, sua opressão expande o espaço do aposento de um modo que o indivíduo se perde dentro dele, em *Insônia*, este se transforma em sepultura. De fato, ao longo das treze narrativas, o leitor é apresentado a inúmeras variações desse tema, seja por

---

1. Antonio Candido, *Ficção e confissão: Ensaios sobre Graciliano Ramos*. São Paulo, Editora 34, 1992, p. 59.

intermédio do ladrão, que, de maneira inadvertida, é devorado pela casa que invade, seja por meio do paciente no hospital, que conta as horas a partir das próprias memórias e das dores excruciantes, ou, ainda, por um certo Paulo, também paciente de um hospital, que se dilui em suor e pus. A pessoa achacada, para usar uma expressão do próprio Graciliano, é o seu visconde partido ao meio, evocando aqui a personagem do escritor italiano Italo Calvino, que bem traduz a miséria e a dubiedade do indivíduo do século XX, e que Paulo traduz na compreensão que adquire de si mesmo:

> Lá fora eu era um sujeito aperreado por trabalhos maçadores, andava para cima e para baixo, como uma barata. Nunca estava em casa. Recolhia-me cedo, mas o pensamento corria longe, fazia voltas em redor de negócios desagradáveis (...) Evidentemente uma pessoa achacada tomou conta de mim. Esta criatura surgiu há dois meses, todos os dias me xinga e ameaça, especialmente de noite ou quando estou só.

Observador sensível, Graciliano Ramos percebe também a infância, o mundo natural e a mulher sob a influência dessas instâncias de poder e sujeição. A personagem Luciana, que aparece em dois contos — um homônimo e "Minsk" —, personifica a liberdade e o poder de fabulação contra um mundo de limites mesquinhos. Luciana, criança rebelde, tem, em um *alter ego* imaginário, a Dona Henriqueta da Boa Vista, a piscadela dada ao passado, aos papéis formais que se exigem da menina, a mulher em formação. Dona Henriqueta, persona da mulher bem-comportada, que "não se sentaria numa barroca cheia de lama", é ao mesmo tempo fantasmagoria e deboche. Diante da força de Luciana, Dona Henriqueta representa um aceno aos papéis tradicionais. Luciana, menina que "sabe onde o diabo dorme", no entanto, tem a força da infância que fala com as árvores, os bichos e os objetos inanimados e, embora se encontre sempre em estado de tensão e seja obrigada a "baixar a crista", não se rende completamente.

A esse propósito, a fusão de Luciana com o periquito Minsk, um pequeno pássaro verde e amarelo, resulta em uma dupla alegoria, tanto desse feminino insubmisso quanto de um país que se pode construir a partir de uma compreensão não-ocidentalizada. A imagem do periquito tingido de vermelho guarda várias camadas de compreensão que podem remeter à perda da infância e à chegada da menstruação, bem como à força do pensamento de esquerda que se espalhava pelo país naqueles anos agitados, país "onde bichos invisíveis acordaram". Não é coincidência que o nome dado ao periquito seja o da capital da Bielorrússia, antigo estado soviético. Por esse viés político, é possível destacar ainda os embates do fascismo verde-amarelo em "A prisão de J. Carmo Gomes" e as tensões familiares desse personagem comunista e de sua irmã fascista e "bem-intencionada", dona Aurora Gomes. Não por acaso, esse conto é imediatamente posterior a "Minsk". As penas tingidas de vermelho do animal não se conformarão às brochuras subversivas que o irmão lê e produz?

Há um projeto de compreensão do Brasil e daquele século XX nas engrenagens de *Insônia*, e, ao fazer com que seus personagens e seus enredos dialoguem entre si, o autor expande aquele tecido ficcional, de modo que cada conto passe, de certa forma, a ser palimpsesto de outro. Fernando Cristóvão[2] traduz essa capacidade dizendo que, "em Graciliano, tudo é conto e nada é só conto", e nisso reside toda a graça e a genialidade do bruxo alagoano: suas narrativas curtas, bem elaboradas e

2. Fernando Alves Cristóvão, *Graciliano Ramos: Estrutura e valores de um modo de narrar.* São Paulo, José Olympio, 1986.

concisas estão sempre ganhando mais espaço, ampliando sua própria compreensão. O conto, em Graciliano, é o mundo. E isso, essas páginas de *Insônia* bem comprovam.

Micheliny Verunschk[3]

3. Autora, entre outros livros, de *Geografia íntima do deserto* (2003); *Nossa Teresa: Vida e morte de uma santa suicida* (2014), ganhador do Prêmio São Paulo de Literatura em 2015; *O movimento dos pássaros* (2020), ganhador do prêmio da Biblioteca Nacional de 2021; *O som do rugido da onça* (2021), ganhador dos prêmios Jabuti e Oceanos de 2022; *Desmoronamentos* (2022), ganhador do Prêmio Clarice Lispector da Biblioteca Nacional de 2023; e *Caminhando com os mortos* (2023).

Insônia

Sim ou não? Esta pergunta surgiu-me de chofre no sono profundo e acordou-me. A inércia findou num instante, o corpo morto levantou-se rápido, como se fosse impelido por um maquinismo.

Sim ou não? Para bem dizer não era pergunta, voz interior ou fantasmagoria de sonho: era uma espécie de mão poderosa que me agarrava os cabelos e me levantava do colchão, brutalmente, me sentava na cama, arrepiado e aturdido. Nunca ninguém despertou de semelhante maneira. Uma garra segurando-me os cabelos, puxando-me para cima, forçando-me a erguer o espinhaço, e a voz soprava aos meus ouvidos, gritada aos meus ouvidos: — "Sim ou não?".

Nada sei: estou atordoado e preciso continuar a dormir, não pensar, não desejar, matéria fria e impotente. Bicho inferior, planta ou pedra, num colchão. De repente a modorra cessou, a mola me suspendeu e a interrogação absurda me entrou nos ouvidos: — "Sim ou não?". Encostar de novo a cabeça ao travesseiro e continuar a dormir, dormir sempre. Mas o desgraçado corpo está erguido e não tolera a posição horizontal. Poderei dormir sentado?

Um, dois, um, dois. Certamente são as pancadas de um pêndulo inexistente. Um, dois, um, dois. Ouvindo isto, acabarei dormindo sentado. E escorregarei no colchão, mergulharei a cabeça no travesseiro, como um bruto, levantar-me-ei tranquilo com os rumores da rua, os pregões dos vendedores, que nunca escuto.

Um, dois, um, dois. Não consigo estirar-me na cama, embrutecer-me novamente: impossível a adaptação aos lençóis e às coisas moles que enchem o colchão e os travesseiros. Certamente aquilo foi alucinação, esforço-me por acreditar que uma alucinação me agarrou os cabelos e me conservou deste modo, inteiriçado, os olhos muito abertos, cheio de pavores. Que pavores? Por que tremo, tento sustentar-me em coisas passadas, frágeis, teias de aranha?

Sim ou não? Estarei completamente doido ou oscilarei ainda entre a razão e a loucura? Estou bem, é claro. Tudo em redor se conserva em ordem: a cama larga não aumentou nem diminuiu, as paredes sumiram-se depois que apertei o botão do comutador, a faixa de luz que varre o quarto é comum, igual à que ontem me feriu os olhos e me despertou subitamente.

Por que fui imaginar que este jato de luz é diferente dos outros e funesto? Caí na cama e rolei fora daqui nem sei que tempo, longe, muito longe, gastando-me no espaço. Partículas minhas boiaram à toa entre os mundos. De repente uma janela se abriu na casa vizinha, um jorro de luz atravessou-me a vidraça, entrou-me em casa e interrompeu a ausência prolongada.

Sim ou não? Quem me está fazendo na sombra esta horrível pergunta? Com a golfada de luz que penetrou a vidraça, alguém chegou, pegou-me os cabelos, levantou-me do colchão, gritou-me as palavras sem sentido e escondeu-se num canto. Arregalo os olhos, tento convencer-me de que a luz é ordinária, emanação de um foco ordinário aqui da casa próxima. Se alguém tivesse torcido uma lâmpada para a esquerda ou tocado um botão na parede, eu teria continuado a rolar na imensidão, fora da terra. Mas isto não se deu — e a réstia que me divide o quarto muda-se em pessoa.

Quem está aqui? Será um ladrão? Aventura inútil, trabalho perdido. Não possuo nada que se possa roubar. Se um ladrão passou pelos vidros, procurá-lo-ei tateando, encontrá-lo-ei num canto de parede e direi baixinho, para não amedrontá-lo: — "Não te posso dar nada, meu filho. Volta para o lugar donde vieste, atravessa novamente os vidros. E deixa-me aí qualquer coisa." Não, nenhum ladrão se engana comigo. Contudo alguém me entrou em casa, está perto de mim, repetindo as palavras que me endoidecem: — "Sim ou não?".

Sim, não, sim, não. Um relógio tenta chamar-me à realidade. Que tempo dormi? Esperarei até que o relógio bata de novo e me diga que vivi mais meia hora, dentro deste horrível jato de luz.

Um, dois, um, dois. Tudo isto é ilusão. Ouvi uma pancada dentro da noite, mas não sei se o relógio está longe ou perto: o tique-taque dele é muito próximo e muito distante.

Sim ou não? Deverei levantar-me, andar, convencer-me de que saí daquele sono de morte e posso mexer-me como um vivente qualquer, ir, vir, chegar à janela e receber o ar da madrugada? Impossível mover-me. Para alcançar a janela preciso atravessar esta claridade que me fende o quarto como uma cunha, rasga a escuridão, fria, dura, crua. Se a escuridão fosse completa, eu conseguiria encostar-me de novo, cerrar os olhos, pensar num encontro que tive durante o dia, recordar uma frase, um rosto, a mão que me apertou os dedos, mentiras sussurradas inutilmente.

O relógio lá embaixo torna a bater. Conto as pancadas e engano-me. Duas ou três? Daqui a uma hora certificar-me-ei. Uma hora imóvel, os cotovelos pregados nos joelhos, o queixo nas mãos, os dedos sentindo a dureza dos ossos da cara. O que há de sensível nesta carcaça trêmula concentrou-se nos dedos, e os dedos apalpam ossos de caveira.

Um, dois, um, dois. Evidentemente me equivoco, não ouço o tiquetaquear do pêndulo: o relógio afastou-se, gastará uma eternidade para me dizer se foram duas ou três as pancadas que me penetraram a carne e rebentaram ossos.

Que está aqui a martelar no escuro, sim ou não, sim ou não, roendo-me, roendo-me? Será um rato faminto que roeu a porta, se chegou a mim e continuou a roer interminavelmente? Não.

Se fosse um rato, eu me levantaria, iria enxotá-lo. Usaria as pernas, que se tornaram de chumbo, atravessaria a zona luminosa, acenderia um cigarro.

Houve agora uma pausa nesta agonia, todos os rumores se dissiparam, a vidraça escureceu, o soalho fugiu-me dos pés — e senti-me cair devagar na treva absoluta. Subitamente um foguete rasga a treva e um arrepio sacode-me. Na queda imensa deixei a cama, alcancei a mesa, vim fumar.

Sim ou não? A pergunta corta a noite longa. Parece que a cidade se encheu de igrejas, e em todas as igrejas há sinos tocando, lúgubres: "Sim ou não? Sim ou não?". Por que é que estes sinos tocam fora de hora, adiantadamente?

A pessoa invisível que me persegue não se contenta com a interrogação multiplicada: aperta-me o pescoço. Tenho um nó na garganta, unhas me ferem, uma horrível gravata me estrangula.

Por que estão rindo? Hem? Por que estão rindo aqui no meu quarto? An, an! An, an! Não há motivo. An, an! An, an! Um sujeito acordou no meio da noite, não reatou o sono, veio sentar-se à mesa e fumar. Apenas. Inteiramente calmo, os cotovelos pregados na madeira, o queixo apoiado nas munhecas, o cigarro preso nos dentes, os dedos quase parados percorrendo as excrescências de uma caveira. Toda a carne fugiu, toda a carne apodreceu e foi comida pelos vermes. Um feixe de ossos, escorado à mesa, fuma. Um esqueleto veio da cama até aqui, sacolejando-se, rangendo.

Sim ou não? Lá está o diabo do relógio a tiquetaquear, a matracar: — "Sim ou não?". Desejaria que me deixassem em paz, não me viessem fazer perguntas a esta hora. Se pudesse baixar a cabeça, descansaria talvez, dormiria junto à pilha de livros, despertaria quando o sol entrasse pela janela.

Um, dois, um, dois. Que me dizia ontem à tarde aquele homem risonho, perto de uma vitrina? Tão amável! Penso que discordei dele e achei tudo ruim na vida. O homem amável sorriu para não me contrariar. Provavelmente está dormindo.

Terá parado o maldito relógio? Terá batido enquanto me ausentei, consumi séculos da cama para aqui?

Um silêncio grande envolve o mundo. Contudo a voz que me aflige continua a mergulhar-me nos ouvidos, a apertar-me o pescoço. Estremeço. Como é possível semelhante coisa? Como é possível uma voz apertar o pescoço de alguém? Rio, tento libertar-me da loucura que me puxa para uma nova queda, explico a mim mesmo que o que me aperta o pescoço não é uma voz: é uma gravata. A voz diz apenas: — "Sim ou não?". Hem? Que vou responder?

Há uma terrível injustiça. Por que dormem os outros homens e eu fico arriado sobre uma tábua, encolhido, as falanges descarnadas contornando órbitas vazias? Hem? Os vermes insaciáveis dizem baixinho: — "Sim ou não?".

A luz que vinha da casa próxima desapareceu, a vidraça apagou-se, e este quarto é uma sepultura. Uma sepultura onde pedaços do mundo se ampliam desesperadamente.

Sim ou não? Como entraram aqui estas palavras? Por onde entraram estas palavras?

Enforcaram-me, decompus-me, os meus ossos caíram sobre a mesa, junto ao cinzeiro, onde pontas de cigarros se acumulam. Estou só e morto. Quem me chama lá de fora, quem me quer afastar do túmulo, obrigar-me a andar na rua, tomar o bonde, entrar no café?

Sim ou não? Sei lá! Antes de morrer, agitei-me como doido, corri como doido, enorme ansiedade me consumiu. Agora estou imóvel e tranquilo. Como posso fumar se estou imóvel e tranquilo? A brasa do cigarro desloca-se vagarosamente, chega-me à boca, aviva-se, foge, empalidece. É uma brasa animada, vai e vem, solta no ar, como um fogo-fátuo. Os meus dedos estão longe dela, frios e sem carne, metidos em órbitas vazias. Toda a vontade sumiu-se, derreteu-se — e a brasa é um olho zombeteiro. Vai e vem, lenta, vai e vem, parece que me está perguntando qualquer coisa.

Evidentemente sou um sujeito feliz. Hem? Feliz e imóvel. Se alguém comprimisse ali o botão do comutador, eu veria no espelho uma cara sossegada, a mesma que vejo todos os dias, inexpressiva, indiferente, um sorriso idiota pregado nos beiços.

Amanhã comportar-me-ei direito, amarrarei uma gravata ao pescoço, percorrerei as ruas como um bicho doméstico, um cidadão comum, arrastado para aqui, para acolá, dizendo frases convenientes. Feliz, completamente feliz.

Novos foguetes rompem a escuridão e acendem novos cigarros. Feliz e imóvel. Se a noite findasse, erguer-me-ia, caminharia como os outros, entraria no banheiro, livrar-me-ia das impurezas que me estão coladas nos ossos. Mas a noite não finda, todos os relógios descansaram — e a terra está imóvel como eu.

O silêncio é um burburinho confuso, um sopro monótono. Parece que um grande vento se derrama gemendo sobre as árvores dos quintais vizinhos. Um zumbido longo de abelhas. E as abelhas partem os vidros da janela escura, o vento vem lamber-me os ossos, enrolar-se no meu pescoço como uma gravata.

Frio. A tocha quase apagada do cigarro treme; os dedos, que percorrem buracos de órbitas vazias, tremem. E a tremura reproduz o tique-taque de um relógio.

Desejaria conversar, voltar a ser homem, sustentar uma opinião qualquer, defender-me de inimigos invisíveis. As ideias amorteceram como a brasa do cigarro. O frio sacode-me os ossos. E os ossos chocalham a pergunta invariável: — Sim ou não? Sim ou não? Sim ou não?

Um ladrão

O que o desgraçou por toda a vida foi a felicidade que o acompanhou durante um mês ou dois. Coisa estranha: sem nenhuma preparação, um tipo se aventura, anda para bem dizer de olhos fechados, comete erros, entra nas casas sem examinar os arredores, pisa como se estivesse na rua — e tudo corre bem. Pisa como se estivesse na rua. É aí que principia a dificuldade. Convém saber mexer-se rapidamente e sem rumor, como um gato: o corpo não pesa, ondula, parece querer voar, mal se firma nas pernas, que adquirem elasticidade de borracha. Se não fosse assim, as juntas estalariam a cada instante, o homem gastaria uma eternidade para deslocar-se, o trabalho se tornaria impossível. Mas ninguém caminha desse jeito sem aprendizagem, e a aprendizagem não se realizaria se as primeiras tentativas fossem descobertas. Deve haver uma divindade protetora para as criaturas estouvadas e de articulações perras. No começo usam sapatos de corda — e ninguém desconfia delas: conseguem não dar nas vistas, porque são como toda a gente. Nenhum polícia iria acompanhá-las. Se não batessem nos móveis e não dirigissem a luz para os olhos das pessoas adormecidas, não cairiam na prisão, onde ganham os modos necessários ao ofício. Aí apuram o ouvido e habituam-se a deslizar. Cá fora não precisarão sapatos de banho ou de tênis: mover-se-ão como se fossem máquinas de molas bem azeitadas rolando sobre pneumáticos silenciosos.

O indivíduo a que me refiro ainda não tinha alcançado essa andadura indispensável e prejudicial: indispensável no interior das casas, à noite; prejudicial na rua, porque denuncia de longe o transeunte. Sem dúvida o homem suspeito não tem só isso para marcá-lo ao olho do tira: certamente possui outras pintas, mas é esse modo furtivo de esquivar-se como quem não toca no chão que logo o caracteriza. O sujeito não sabia, pois, andar assim, e passaria despercebido na multidão. Por enquanto nenhuma esperança de se acomodar àquele ingrato meio de vida. E Gaúcho, o amigo que o iniciara, havia sido franco: era bom que ele escolhesse ocupação menos arriscada. Mas o rapaz tinha cabeça dura: animado por três ou quatro experiências felizes, estava ali, rondando o portão, como um técnico.

Entrara na casa, fingindo-se consertador de fogões, e atentara na disposição das peças do andar térreo. Arrependeu-se de não ter estudado melhor o local: devia ter-se empregado lá como criado uma semana. Era o conselho de Gaúcho, que tinha prática. Não o escutara, procedera mal. Nem sabia já de que lado da sala de jantar ficava a porta da copa.

Afastou-se, receoso de que alguém o observasse. Desceu a rua, entrou no café da esquina, espiou as horas e teve desejo de tomar uma bebida. Não tinha dinheiro. Doidice beber álcool em semelhante situação. Procurou um níquel no bolso, estremeceu. As mãos estavam frias e molhadas.

— Tem de ser.

Tornou a olhar o relógio. Não é que se havia esquecido das horas? Passava de meia-noite. Felizmente a rua topava o morro e só tinha uma entrada. À exceção dos moradores, pouca gente devia ir ali.

Afinal aquilo não tinha importância. Agora temia encontrar um conhecido. O que mais o aperreava era o diabo da tremura nas mãos. Estava quase certo de que o garçom lhe estranhava a palidez. Saiu para a calçada e ficou indeciso, olhando o morro, enxugando no lenço os dedos molhados, dizendo pela segunda vez que aquilo não tinha importância. Como? Sacudiu a cabeça, aflito. Que é que não tinha importância?

Seria bom recolher-se. Sorriu com uma careta e subiu a ladeira, colando-se às paredes. Como recolher-se? Vivia na rua. À medida que avançava a frase repetida voltou e logo surgiu o sentido dela. Bem. A perturbação diminuía. O que não tinha importância era saber se a porta da copa ficava à direita ou à esquerda da sala de jantar. Ia levar talheres? Hem? Ia correr perigo por causa de talheres? Mas pensou num queijo visto sobre a geladeira e sentiu água na boca.

Aproximou-se do morro, as pernas bambas, tremendo como uma criança. Provavelmente a copa era à direita de quem entrava na sala de jantar, perto da escada.

— Tem de ser.

Foi até o fim da calçada e, margeando a casa do fundo, passou para o outro lado. Parou junto ao portão, encostou-se a ele, receando que o vissem. Se estirasse o pescoço, talvez o guarda, lá embaixo, lhe percebesse os manejos. O coração bateu com desespero, a vista se turvou. Não conseguiria enxergar a esquina e o guarda.

Encolheu-se mais, olhou a janela do prédio fronteiro, imaginou que por detrás da janela alguém o espreitava, talvez o dono da loja de fazenda que o examinara com ferocidade, através dos óculos, quando ele estacionara junto do balcão. Tentou libertar-se do pensamento importuno. Por que haveriam de estar ali, àquela hora, os mesmos olhos que o tinham imobilizado na véspera?

De repente sentiu grande medo, pareceu-lhe que o observavam pela frente e pela retaguarda, achou-se impelido para dentro e para fora do jardim, a rua encheu-se de emboscadas. A janela escureceu, os óculos do homem da loja sumiram-se. Pôs-se a tremer, as ideias confundiram-se, o projeto que armara surgiu-lhe como fato realizado. Encostou-se mais ao portão.

Durante minutos lembrou-se da escola do subúrbio e viu-se menino, triste, enfezado. A professora interrogava-o pouco, indiferente. O vizinho mal-encarado, que o espetava com pontas de alfinetes, mais tarde virara soldado. A menina de tranças era linda, falava apertando as pálpebras, escondendo os olhos verdes.

Um estremecimento dispersou essas recordações meio apagadas. Quis fumar, temeu acender um cigarro. Levantou a cabeça, distraiu-se vendo um bonde rodar longe, na boca da rua.

Sim, não, sim, não. Duas ideias voltaram: o homem que se ocultava por detrás da janela estava aquecido e tranquilo, a menina das tranças escondia os olhos verdes e tinha um sorriso tranquilo. Os dentes bateram castanholas, e isto alarmou-o: talvez alguém ouvisse aquele barulho esquisito de porco zangado. Mordeu a manga do paletó, o som esmoreceu.

Sim, não, sim, não. Havia um relógio na sala de jantar, estava quase certo de que escutava as pancadas do pêndulo. Os dentes calaram-se, felizmente já não havia precisão de mastigar o tecido.

Mudou de posição, espreguiçou-se, os receios esfriaram. Agora se mexia como se não houvesse nenhum perigo. Segurou-se aos ferros da grade, uma energia súbita lançou-o no jardim. Pisando os canteiros, subiu a calçada, arriou no sofá do alpendre. Se o descobrissem ali, diria que tinha entrado antes de se fechar o portão e pegara no sono. Era o que diria, embora isto não lhe servisse.

Para que pensar em desgraças? Levantou-se, chegou-se à porta, meteu a caneta na fechadura. O tremor das mãos havia desaparecido. A lingueta correu macia, uma folha da porta se descerrou. Estacou surpreendido: como nunca havia trabalhado só, imaginara que a fechadura emperrasse, que fosse preciso trepar no sofá e cortar com diamante um pedaço de vidraça. Deitaria por baixo da porta um jornal aberto, enrolaria a mão no lenço e daria um murro no vidro, que iria cair sem ruído em cima do papel. Agarrar-se-ia ao caixilho com as pontas dos dedos, suspender-se-ia, entraria na casa, a cabeça para baixo, as mãos procurando o chão. Ficaria pendurado algum tempo, feito um macaco, os dedos dos pés curvos à borda da abertura, como ganchos. Era quase certo não se sair bem nesse pulo arriscado. Falharia, sempre falhava.

Procurou a vidraça, inutilmente: não existia vidraça. Nem existia jornal. Estupidez fantasiar dificuldades.

Entreabriu a porta, mergulhou na faixa de luz que passou pela fresta, correu o trinco devagarinho. Avançou, temendo esbarrar nos móveis. Acostumando a vista, começou a distinguir manchas: cadeiras baixas e enormes que atravancavam a saleta. Escorregou para uma delas, o coração aos baques, o fôlego curto. Afundou no assento gasto. As rótulas estalaram, as molas do traste rangeram levemente. Ergueu-se precipitado, encostou-se à parede, com receio de vergar os joelhos. Se as juntas continuassem a fazer barulho, os moradores iriam acordar, prendê-lo. Achou-se fraco, sem coragem para fugir ou defender-se. Acendeu a lâmpada e logo se arrependeu. O círculo de luz passeou no soalho, subiu uma cadeira e sumiu-se. A escuridão voltou. Temeridade acender a lâmpada.

Penetrou na sala de jantar, escancarando muito os olhos. Agora os objetos estavam quase visíveis. Uma sombra alvacenta descia pela escada, havia luz no andar de cima.

Bem. A porta da copa, um buraco negro, ficava à direita, como ele tinha suposto. Vira um queijo sobre a geladeira dois dias antes. Chegou-se à escada, apoiou-se ao corrimão, voltado para a copa. Realmente não tinha fome. Sentia uma ferida no estômago, mas a boca estava seca. Encolheu os ombros. Estupidez arriscar-se tanto por um pedaço de queijo.

Subiu um degrau, parou arfando, subiu outros, experimentando uma sensação de enjoo. A casa mexia-se, a escada mexia-se. A secura da boca desapareceu. Dilatou as bochechas para conter a saliva e pensou no queijo, nauseado. Adiantou-se uns passos, engoliu o cuspo, repugnado, entortando o pescoço.

— Tem de ser.

Repetiu a frase para não recuar. Apesar de ter alcançado o meio da escada, achava difícil continuar a viagem. E se alguém estivesse a observá-lo no escuro? Lembrou-se do sujeito da loja de fazenda. Talvez ele fosse o dono da casa, estivesse ali perto, vigiando como um gato. Pensou de novo na menina da escola primária, no sorriso dela, nas pálpebras que se baixavam, escondendo olhos verdes, de gato. Desgostou-se por estar vacilando, perdendo tempo com miudezas.

Chegou ao fim da escada, parou escutando, enfiou por um corredor onde vários quartos desembocavam. Fugiu de uma porta iluminada e encaminhou-se à sala, com a esperança de encontrá-la deserta. O medo foi contrabalançado por um sentimento infantil de orgulho. Realizara uma proeza, sim senhor, só queria ouvir a opinião de Gaúcho. Se não acontecesse uma desgraça, procuraria Gaúcho no dia seguinte. Se não acontecesse uma desgraça. Benzeu-se arrepiado. Deus não havia de permitir infelicidade. Tolice pensar em coisas ruins. Contaria a história no dia seguinte, sem falar no medo, e Gaúcho aprovaria tudo, sem dúvida.

Torceu a maçaneta, devagarinho: felizmente a porta não estava fechada com chave. Aterrorizou-se novamente, mas surgiu-lhe de supetão a ideia singular de que o perigo estava nos quartos, e na sala poderia esconder-se. Entrou, cerrou a porta, fez um gesto cansado, respirou profundamente, afirmou que estava em segurança. A tontura devia ser por causa da fome. Também um desgraçado como ele meter-se em semelhante empresa! Tinha capacidade para aquilo? Não tinha. Um ventanista. Que é que sabia fazer? Saltar janelas. Um ventanista, apenas. A vaidade infantil murchou de repente. Se o descobrissem, nem saberia fugir, nem acertaria com a saída. O que o preocupava naquele momento, porém, era menos o receio de ser preso que a convicção da própria insuficiência, a certeza de que ia falhar. As mãos tremeriam, as juntas estalariam, movimentos irrefletidos derrubariam móveis.

Apertou as mãos, subitamente resolvido a acabar depressa com aquilo, fixou a atenção na cama enorme, onde um casal de velhos dormia. Baixou-se, alarmado: se uma das pessoas acordasse, vê-lo-ia parado, como estátua. Avançou, de cócoras, foi esconder-se por detrás da cabeceira da cama, permaneceu encolhido, até sentir cãibras nas pernas. As janelas estavam abertas, a luz da rua banhava a sala.

Virando o rosto, viu-se no espelho do guarda-vestidos e achou-se ridículo, agachado, em posição torcida. Voltou-se, livrou-se da visão desagradável, avistou um braço caído fora da cama. Braço de velha, braço de velha rica, de uma gordura nojenta. A mão era papuda e curta, anéis enfeitavam os dedos grossos. Pensou em tirar os anéis com agulhas, mas afastou a ideia. Trazia no bolso as agulhas, só porque Gaúcho lhe ensinara o uso delas. Não se arriscaria a utilizá-las. Gaúcho tinha nervos de ferro. Tirar anéis da mão de uma pessoa adormecida! Que homem! Anos de prática, diversas entradas na casa de detenção.

Engatinhando, aproximou-se do guarda-vestidos, abriu-o e começou a revistar a roupa. Descobriu uma carteira e guardou-a sem reparar no que havia dentro dela. Interrompeu a busca, afastou-se, mergulhou no corredor, parou à porta do quarto iluminado. Examinou a carteira, achou várias notas. Tentou calcular o ganho mas a luz do corredor era insuficiente. Escondeu o dinheiro, soltou um longo suspiro.

Devia retirar-se. Deu alguns passos, recuou vexado, receoso das pilhérias que Gaúcho iria jogar-lhe quando soubesse que ele tinha deixado uma casa sem percorrê-la. O terror desaparecera:

estava cheio de espanto por haver escapado àquele imenso perigo. Realmente não tinha escapado, mas julgava-se quase livre.

Abriu uma porta a ferro, acendeu a lâmpada, viu um oratório. Desejou apoderar-se dos resplendores das imagens e do bordão de S. José, de ouro, pesado. Afastou-se, com medo da tentação. Não cometeria semelhante sacrilégio.

Andou noutras peças, arrecadou objetos miúdos. Queria penetrar no quarto iluminado, mas não conseguia saber o que o empurrava para lá. Boiavam-lhe no espírito dois esboços de projetos: contar o dinheiro, coisa que não poderia fazer no corredor, e descrever a Gaúcho a aventura.

Destrancou a porta, entrou, esquivou-se para trás de um armário. Havia no quarto uma cama estreita, mas nem reparou na pessoa que estava deitada nela. Tirou do bolso a carteira, ficou algum tempo olhando, como um idiota, papéis e dinheiro. Principiou uma soma, que se interrompeu muitas vezes: os dedos tremiam, os números atrapalhavam-se. Impossível saber quanto havia ali. Machucou as notas na algibeira da calça. Bem, contaria depois a grana, quando estivesse calmo. Abandonaria o morro e iria viver num subúrbio distante, onde ninguém o conhecesse, largaria aquela profissão, para que não tinha jeito. Nenhum jeito. Não diria nada a Gaúcho, evitaria indivíduos assim comprometedores. Ia endireitar, criar vergonha, virar pessoa decente, arranjar um negócio qualquer longe de Gaúcho. Sim senhor. Apalpou o rolo de notas através do pano, meteu o botão na casa da algibeira. Criar vergonha, sim senhor, o que tinha ali dava para criar vergonha.

Olhou a cama, julgou a princípio que estava lá uma criança, mas viu um seio e estremeceu. Voltou-se, não devia arriscar-se à toa. Deu uns passos em direção à porta, deteve-se, curvou-se, observou a moça. Achou nela traços da menina de olhos verdes. O coração bateu-lhe demais no peito magro, pareceu querer sair pela boca.

— Estupidez.

Aprumou-se e desviou a cara. Estupidez. Tentou pensar em coisas corriqueiras, encheu os pulmões, contou até dez. A tatuagem da perna de Gaúcho era medonha, uma tatuagem indecente; àquela hora o café da esquina devia estar fechado. Tornou a contar até dez, esvaziando os pulmões. Um acesso de tosse interrompeu-lhe o exercício.

Retirou-se precipitado, fazendo esforço enorme para se conservar em silêncio. Faltou-lhe o ar, as lágrimas saltaram-lhe, as veias do pescoço endureceram como cordas esticadas. Atravessou o corredor desembestadamente, desceu a escada, meio doido, sacudindo-se desengonçado, a mão na boca. Sentou-se no último degrau e esteve minutos agitado por pequenas contrações, um som abafado morrendo-lhe na garganta, asmático e penoso, resfolegar de cachorro novo. Pôs-se a arquejar baixinho, extenuado, procurando livrar-se de um pigarro teimoso que lhe arranhava a goela. Enxugou um fio de baba, pouco a pouco se recompôs. Certamente as pessoas do andar de cima tinham despertado quando ele fugira correndo.

Virou a cabeça, puxou a orelha, agoniado. Tinha a ilusão de perceber o trabalho das traças que roíam pano lá em cima, nos armários.

Devia ter trazido alguma roupa para vender ao intrujão.

Um apito na rua deu-lhe suores frios, um galo cantou perto. Depois tudo sossegou, avultaram no silêncio rumores indeterminados: provavelmente pés de baratas se moviam na parede.

Ergueu-se, com fome, libertou-se de terrores, procurou orientar-se. As cócegas na garganta desapareceram. Tolice prestar atenção à marcha das baratas na parede e ao apito do guarda, na rua. Nada daquilo era com ele, estava livre de perigo. Livre de perigo. Se a tosse voltasse, abafá-la-ia mordendo a manga. Temperou a garganta, baixinho. Tranquilo. Tranquilo e com fome. Voltou-se para um lado e para outro, hesitou entre a saleta e a copa.

O pigarro sumiu-se completamente, a boca encheu-se de saliva. Aguçou ainda o ouvido: nem apito nem canto de galo, as pernas das baratas se tinham imobilizado. Desejava entrar na copa, comer um bocado. Agora que a sufocação e a secura da boca haviam desaparecido, bem que precisava mastigar qualquer coisa.

Apertou o botão da lâmpada, a luz fraca lambeu a cristaleira, subiu a mesa, dividiu-a pelo meio. Descansou a lâmpada na toalha. Bambeando, amolecido, retirou da algibeira as notas machucadas, tentou novamente contá-las, aproximando-as muito do pequeno foco elétrico. Recomeçou a contagem várias vezes, afinal julgou acertar, convenceu-se de que havia ali dinheiro suficiente para um botequim no subúrbio. Alisou as cédulas, dobrou-as, guardou-as, abotoou-se. Um capital. Sentia frio e fome. O guarda devia estar cochilando lá embaixo, à esquina do café. Levantou a gola. Um capital. Estabelecer-se-ia com um café no subúrbio, longe de Gaúcho e daqueles perigos. Café modesto, com rádio, os fregueses, pessoas de ordem, discutindo futebol. Tinha jeito para isso. Ouviria as conversas sem tomar partido, não descontentaria ninguém e fiscalizaria os empregados rigorosamente. Um patrão, sim senhor, fiscalizaria os empregados rigorosamente. E Gaúcho nem o reconheceria se o visse, gordo, sério, bulindo na caixa registradora. Naturalmente. Apalpou a carteira, sentiu-se forte. Bem. Contanto que não fossem fuxicar política no café. Esportes, coisas inofensivas, perfeitamente; mas cochichos, papéis escondidos, isso não. Tudo na lei, nada de complicações com a polícia.

Aprumou-se, esqueceu o lugar onde estava. Uma dorzinha fina picou-lhe o estômago. Tomou a lâmpada, encaminhou-se à copa, firme como um proprietário. O medo se havia sumido. Para bem dizer, era quase um dono de botequim no subúrbio.

De repente assaltou-o um desejo besta de rir, riu baixo, temendo engasgar-se e tossir de novo. Sacolejou-se muito tempo, e a sombra dele dançava na luz que se espalhava no soalho. Tinha chegado fazendo tolices, nem acertava com as portas, um doido. Largara-se pela escada abaixo, aos saltos. E ninguém acordara, parecia que os moradores da casa estavam mortos. Então para que todos os cuidados, todas as precauções? Gaúcho fazia trabalho direito, tirava anéis das pessoas adormecidas, com agulhas. Homem de merecimento. E, apesar de tudo, mais de vinte entradas na casa de detenção, viagens à colônia correcional, fugas arriscadas. Inútil a ciência de Gaúcho. Quando Deus quer, as pessoas não acordam.

Onde estaria o queijo que na antevéspera se achava em cima da geladeira? Procurou-o debalde. Entrou na cozinha, mexeu nas caçarolas, encontrou pedaços de carne, que devorou quase sem mastigar. Lambeu os dedos sujos de gordura, abriu devagarinho a torneira da pia, lavou as mãos, enxugou-as ao paletó. Respirou, consolado. A tontura desapareceu.

Recordou os disparates que praticara. Santa Maria! Desastrado. Se falasse a Gaúcho com franqueza, ouviria um sermão. Mas não falaria, não queria mais relações com Gaúcho, ia abrir um café no arrabalde.

Voltou à sala de jantar e apagou a lâmpada. Aquela gente lá em cima tinha um sono de pedra.

Veio-lhe a ideia extravagante de subir de novo a escada e tornar a descê-la, convencer-se de que não era tão desazado como parecia. E lembrou-se da menina dos olhos verdes, que lhe surgiu na memória com um seio descoberto. Absurdo. Quem estava com o seio à mostra era a moça que dormia no andar de cima. Como seriam os olhos dela?

Duas pancadas encheram a casa. E um tique-taque de relógio começou a aperreá-lo. Pouco antes havia silêncio, mas agora o tique-taque martelava-lhe o interior.

Dirigiu-se à saleta, voltou com a tentação de entrar nos quartos, trazer de lá alguns objetos para vender ao intrujão. Parecia-lhe que, recomeçando o trabalho em conformidade com as regras ensinadas por Gaúcho, de alguma forma se reabilitaria. O maço de notas, adquirido facilmente, nem lhe dava prazer.

Pisou a escada e estremeceu. As razões que o impeliam sumiram-se, ficou o peito descoberto.

Esforçou-se por imaginar o botequim do arrabalde. Inutilmente. Subiu, parou à entrada do corredor.

— Que doidice!

Foi até a porta do quarto iluminado, empurrou-a, certificou-se de que a mulher continuava a dormir.

E daí em diante, até o desfecho medonho, não soube o que fez. No dia seguinte, já perdido, lembrou-se de ter ficado muito tempo junto à cama, contemplando a moça, mas achou difícil ter praticado a maluqueira que o desgraçou. Como se tinha dado aquilo? Nem sabia. A princípio foi um deslumbramento, a casa girando, a cama girando, ele também girando em torno da mulher, transformado em mosca. Girando, aproximando-se e afastando-se, mosca. E a necessidade de pousar, de se livrar dos giros vertiginosos. A figura de Gaúcho esboçou-se e logo se dissipou, os óculos do homem da loja e os vidros da casa fronteira confundiram-se um instante e esmoreceram. Novas pancadas de relógio, novos apitos e cantos de galos, chegaram-lhe aos ouvidos, mas deixaram-no indiferente, voando. E aconteceu o desastre. Uma loucura, a maior das loucuras: baixou-se e espremeu um beijo na boca da moça.

O resto se narra nos papéis da polícia, mas ele, zonzo, moído, só conseguiu dar informações incompletas e contraditórias. É em vão que o interrogam e machucam. Sabe que ouviu um grito de terror e barulho nos outros quartos. Lembra-se de ter atravessado o corredor e pisado o primeiro degrau da escada. Acordou aí, mas adormeceu de novo, na queda que o lançou no andar térreo. Teve um sonho rápido na viagem: viu cubículos sujos povoados de percevejos, esteiras no chão úmido, caras horríveis, levas de infelizes transportando vigas pesadas na colônia correcional. Insultavam-no, choviam-lhe pancadas nas costas cobertas de pano listrado. Mas os insultos apagaram-se, as pancadas findaram. E houve um longo silêncio.

Despertou agarrado por muitas mãos. De uma brecha aberta na testa corria sangue, que lhe molhava os olhos, tingia de vermelho as coisas e as pessoas. Um velho empacotado em cobertores gesticulava no meio da escada, seguro ao corrimão. E um grito de mulher vinha lá de cima, provavelmente a continuação do mesmo grito que lhe tinha estragado a vida.

O relógio do hospital

O médico, paciente como se falasse a uma criança, engana-me asseverando que permanecerei aqui duas semanas. Recebo a notícia com indiferença. Tenho a certeza de que viverei pouco, mas o pavor da morte já não existe. Olho o corpo magro estirado no colchão duro e parece-me que os ossos agudos, os músculos frouxos e reduzidos, não me pertencem.

Nenhum pudor. Alguém me estendeu uma coberta sobre a nudez. Como é grande o calor, descobri-me, embora estivessem muitas pessoas na sala. E não me envergonhei quando a enfermeira me ensaboou e raspou os pelos do ventre.

Ao deitar-me na padiola, deixei os chinelos junto da cama; ao voltar da sala de operações, não os vi.

O médico se dirige em linguagem técnica a uma mulher nova, e ela me examina friamente, como se eu fosse um pouco de substância inerte, diz que os meus sofrimentos vão ser grandes.

Por enquanto estou apenas atordoado. Aquela complicação, tinir de ferros, máscaras curvadas sobre a mesa, o cheiro dos desinfetantes, mãos enluvadas e rápidas, as minhas pernas imóveis, um traço na pele escura de iodo, nuvens de algodão, tudo me dança na cabeça. Não julguei que a incisão tivesse sido profunda. Uma reta na superfície. Considerava-me quase defunto, mas no começo da operação esta ideia foi substituída por lembranças da aula primária. Um aluno riscava figuras geométricas no quadro-negro.

Morto da barriga para baixo. O resto do corpo iria morrer também, no dia seguinte descansaria no mármore do necrotério, seria esquartejado, serrado.

Fechei os olhos, tentei sacudir a cabeça presa. Uma cara me perseguia, cara terrível que surgira pouco antes, na enfermaria dos indigentes. Eu ia na padiola, os serventes tinham parado junto a uma porta aberta — a grade alvacenta aparecera, feita de tiras de esparadrapo, e, por detrás da grade, manchas amarelas, um nariz purulento, o buraco negro de uma boca, buracos negros de órbitas vazias. Esse tabuleiro de xadrez não me deixava, era mais horrível que as visões ferozes do longo delírio.

O trabalho dos médicos iria prolongar-se, cacete, meses e meses, ou findaria vinte e quatro horas depois, no necrotério? Cortado em pedaços, uma salmoura esbranquiçada cheirando a formol, o atestado de óbito redigido à pressa, um cirurgião de mangas arregaçadas lavando as mãos, extraordinariamente distante de mim.

Agora espero os sofrimentos anunciados. Um gemido fanhoso de relógio fere-me os ouvidos e fica vibrando. Insensível, olho as pernas compridas, a dobra que entre elas se forma na coberta. Outras pancadas vagarosas tremem, abafando os cochichos que fervilham na sala. Parece-me virem juntas à primeira: a meia hora decorrida perdeu-se.

Inércia, um vácuo enorme, o prognóstico da mulher nova ameaçando-me. Sono, fadiga, desejo de ficar só. Alguém se debruça na cama, encosta a orelha ao meu coração. Furam-me o braço, uma agulha procura lentamente a veia.

Escuridão, silêncio. Depois um instrumento de música a tocar, a sombra adelgaçando-se, telhados, árvores e igrejas esboçando-se a distância. Tenho a sensação de estar descendo e subindo, balançando-me como um brinquedo na extremidade de um cordel.

A dormência prolongada pouco a pouco se extingue. Os dedos dos pés mexem-se, em seguida os pés, as pernas — e enrosco-me como um verme. Uma angústia me assalta, a convicção de que me aleijaram. Esta ideia é tão viva que, apesar de terem voltado os movimentos, afasto a coberta, para certificar-me de que não me amputaram as pernas. Estão aqui, mas ainda meio entorpecidas, e é como se não fossem minhas.

As idas e vindas, as viagens para cima e para baixo, cansam-me demais, penso que uma delas será a última, que o cordel vai quebrar-se, deixar-me eternamente parado.

Noite. A treva chega de repente, entra pelas janelas, vence a luz da lâmpada. Uma friagem doce. A chuva açoita as vidraças. Durmo uns minutos, acordo, adormeço novamente. Neste sono cheio de ruídos espaçados — rolar de automóveis, um canto de bêbedo, lamentações dos outros doentes — avultam as pancadas fanhosas do relógio. Som arrastado, encatarroado e descontente, gorgolejo de sufocação. Nunca houve relógio que tocasse de semelhante maneira. Deve ser um mecanismo estragado, velho, friorento, com rodas gastas e desdentadas. Meu avô me repreendia numa fala assim lenta e aborrecida quando me ensinava na cartilha a soletração. Voz autoritária e nasal, costumada a arengar aos pretos da fazenda, em ordens ásperas que um pigarro interrompia. O relógio tem aquele pigarro de tabagista velho, parece que a corda se desconchavou e a máquina decrépita vai descansar.

Bem. Daqui a meia hora não ouvirei as notas roucas e trêmulas. Vultos amarelos curvam-se sobre a cama, que sobe e desce, levantam-me, enrolam-me em pastas de algodão e ataduras, esforçam-se por salvar os restos deste outro maquinismo arruinado. Um líquido acre molha-me os beiços. Serventes e enfermeiros deslocam-se com movimentos vagarosos de sonâmbulos, a luz esmorece, dá aos rostos feições cadaverosas.

Impossível saber se é esta a primeira noite que passo aqui. Desejo pedir os meus chinelos, mas tenho preguiça, a voz sai-me flácida, incompreensível. E esqueci o nome dos chinelos.

Apesar de saber que eles são inúteis, desgosta-me não conseguir pedi-los. Se estivessem ao pé da cama, sentir-me-ia próximo da realidade, as pessoas que me cercam não seriam espectrais e absurdas. Enfadam-me, quero que me deixem. Acontecendo isto, porém, julgar-me-ei abandonado, rebolar-me-ei com raiva, pensarei na enfermaria dos indigentes, no homem que tinha uma grade de esparadrapos na cara.

Silêncio. Por que será que esta gente não fala e o relógio se aquietou? Uma ideia acabrunha-me. Se o relógio parou, com certeza o homem dos esparadrapos morreu. Isto é insuportável. Por que fui abrir os olhos diante da amaldiçoada porta? Um abalo na padiola, uma parada repentina — e a figura sinistra começara a aperrear-me, a boca desgovernada, as órbitas vazias negrejando por detrás da grade alvacenta. Por que se detiveram junto àquela porta? Dois passos aquém, dois passos além — e eu estaria livre da obsessão.

O relógio bate de novo. Tento contar as horas, mas isto é impossível. Parece que ele tenciona encher a noite com a sua gemedeira irritante.

Dr. Queirós, principiando a falar, não acaba: é um palavreado infinito que nos enjoa, nos deixa embrutecidos, mudos, mastigando um sorriso besta de cumplicidade.

Felizmente o homem dos esparadrapos vive. Repito que ele vive e caio num marasmo agoniado. No silêncio as notas compridas enrolam-se como cobras, estiram-se pela casa, invadem a sala, arrastam-se devagar nos cantos, sobem a cama onde me agito apavorado. Que fim levaram as pessoas que me cercavam? Agora só há bichos, formas rastejantes que se torcem com lentidão de lesmas. Arrepio-me, o som penetra-me no sangue, percorre-me as veias, gelado.

As vidraças, a chuva, os ruídos, sumiram-se. Há uma noite profunda, um céu pesado que chega até a beira da minha cama. As coisas pegajosas engrossam, vão enlaçar-me nos seus anéis.

Tento esquivar-me ao abraço medonho, revolvo-me no colchão, grito.

Aparecem de novo as figuras atentas, lívidas. A beberagem acre umedece-me a língua seca, dura como língua de papagaio.

— Obrigado.

Puxo a coberta para o queixo, o frio diminui. Há um rio enorme, precipícios sem fundo — e seguro-me a ramos frágeis para não cair neles.

Ouço trovões imensos. Volto a ser criança, pergunto a mim mesmo que seres misteriosos fazem semelhante barulho. Meus irmãos pequenos iam deitar-se com medo, minhas tias ajoelhavam-se diante do oratório, a chama das velas tremia, as contas dos rosários chocavam-se como bilros de almofadas, um sussurro de preces enchia o quarto dos santos.

Por que estão chiando aqui perto de mim? Estarão rezando? Não houve trovões. Nuvens brancas e altas correm por cima das árvores, das igrejas, do telhado da penitenciária. Olho os tipos que me rodeiam. Afastam-se, falam em voz baixa, presumo que me espiam desconfiados. Acham-me com certeza muito mal, pensam que vou morrer, procuram decifrar as palavras incoerentes que larguei no delírio. Envergonho-me. Terei dito segredos e inconveniências?

Desejo atraí-los, conversar, mostrar que sou um indivíduo razoável e as maluquices do sonho findaram. Mas a linguagem foge. Procuro chamá-los com um gesto, a mão tomba-me sobre o peito, a fraqueza paralisa-me.

Certamente estou há dias entre a vida e a morte. Agora a febre diminuiu e os monstros que me perseguiam se desmancharam. As dores do ferimento são intoleráveis. Inclino-me para um lado e para outro, certifico-me de que não me trouxeram os chinelos, imagino que vou aguentar uma eternidade de martírios.

Gritos agudos de criança rasgam-me os ouvidos, como pregos.

Querem ver que a minha operação foi ontem e ficarei aqui amarrado semanas ou meses?

Uma badalada corta-me o pensamento. Estremeço: parece que ela me chegou aos nervos através da ferida aberta, me entrou na carne como lâmina de navalha.

Aqueles soluços desenganados devem vir da enfermaria dos indigentes, talvez o homem dos esparadrapos esteja chorando. Com esforço, consigo encostar as palmas das mãos nas orelhas. Desejo ficar assim, mas a posição é incômoda, os braços fatigam-se, o choro escorrega-me entre os dedos. Se não fosse isto, distrair-me-ia vendo as árvores, o céu, os telhados, falaria aos enfermeiros e aos serventes.

Que desgraça estará sucedendo? Deixo cair os braços, os uivos lastimosos da criança recomeçam, as minhas dores crescem, dão-me a certeza de que os médicos atormentam um pequenino infeliz. Penso nos vagabundos miúdos que circulam nas ruas, pedindo e furtando, sujos, esfrangalhados, os ossos furando a pele, meio comidos pela verminose, as pernas tortas como paus de cangalhas. Talvez estejam consertando uma daquelas pernas.

Os gritos baixam, transformam-se num estertor.

— Por que bolem com aquela criança?

A enfermeira avizinha-se, espera que eu repita a pergunta. Aborreço-me por não me haver feito compreender, viro-me com dificuldade e minutos depois ouço os passos da mulher, que se afasta nas pontas dos pés.

Fará somente vinte e quatro horas que me deixaram aqui derreado? Somo: vinte e quatro, quarenta e oito, setenta e duas. Talvez uns três dias. Isto, setenta e duas horas. Os chinelos desapareceram: ficarei provavelmente um mês, dois meses. Multiplico: sessenta dias, mil quatrocentas e quarenta horas. Fatigo-me, e a conta se complica, ora apresenta um resultado, ora outro. Convenço-me afinal de que são mil quatrocentas e quarenta horas. É bom que a ferida se agrave e me mate logo.

Dois meses de tortura, um tubo de borracha atravessando-me as entranhas, visões pavorosas, os queixumes dos indigentes que se acabam junto ao homem dos esparadrapos. Duas mil oitocentas e oitenta vezes o relógio caduco de peças gastas rosnará, ameaçando-me com acontecimentos funestos. Sessenta dias de imobilidade, o pensamento a emaranhar-se em cipoais obscuros.

Os gritos da criança elevam-se, o calor aumenta, as árvores e os telhados aproximam-se.

Lá estão novamente as horas a pingar do corredor como de uma torneira, gotas pesadas escorrendo lentas.

Gargalhadas na rua, barulho de automóvel, o pregão de um vendedor ambulante. Talvez o automóvel seja do médico que me vem fazer o curativo. Não é, passou com um ronco de buzina. Agora o que há são rufos de tambor, vozes de comando.

O berro do vendedor ambulante caiu na sala de supetão e ficou rolando, misturado ao choro dos indigentes e ao rumor de ferros na autoclave.

Porcaria, tudo uma porcaria.

Zango-me. Não me tratam, deixam-me acabar à mingua, apodrecer como um corpo morto. Silêncio demorado. Penso na criança e no homem que se esconde por detrás da máscara de esparadrapos.

Como vai o menino?

A enfermeira responde-me que vai bem, mas certamente procura iludir-me. Há um cadáver miúdo perto daqui, vão despedaçá-lo na mesa do necrotério, os serventes levarão a roupa suja para a lavandaria. Um colchão pequeno dobrado na cama estreita.

As vozes de comando, os rufos, o pregão do vendedor ambulante, o rumor dos ferros na autoclave, fazem-me falta. Convenço-me de que o silêncio é de mau agouro. Quando ele se quebrar, uma infelicidade surgirá de repente, não poderei livrar-me dela. O suor corre-me na cara. O primeiro som que vier anunciará desgraça, esta ideia desarrazoada não me larga. Reprimo um acesso de tosse, acredito que ele é indício de hemoptises abundantes.

Começo a perceber um toque-toque surdo, tropel de cavalo cansado. Naturalmente é o sangue batendo-me nos ouvidos. Um coração quase inútil finda a tarefa maçadora.

O cadáver pequeno vai ser transformado em peças anatômicas.

Toque-toque. Não é o sangue, é qualquer coisa que vem de fora, provavelmente do corredor. Duas pancadas próximas, uma distanciada, andadura irregular de bicho que salta em três pés. Ainda há pouco estava tudo calmo. De repente o relógio velho começou a mexer-se e a viver.

Cerro os olhos, digo a mim mesmo que me fatigo à toa, bocejo, tento lembrar-me de fatos que julgo importantes e logo se tornam mesquinhos. Afinal não veio a desgraça. Vou restabelecer-me em poucos dias. Vou restabelecer-me, passear nas ruas, entrar nos cafés. Se não tivessem levado os chinelos, convencer-me-ia de que não estou muito doente.

Procuro dormir, esquecer tudo, mas o relógio continua a martelar-me a cabeça dolorida. Espero em vão o fonfonar de um automóvel, a cantiga de um bêbedo, as vozes de comando, o rumor dos ferros na autoclave. Tenho a impressão de que o pêndulo caduco oscila dentro de mim, ronceiro e desaprumado.

Os infelizes calaram-se, todos os sofrimentos esmoreceram, fundiram-se naquela voz áspera e metálica.

Os meus braços descarnados movem-se como braços de velho. Passo os dedos no rosto, sinto a dureza dos pelos, as faces cavadas, rugas. Se tivesse um espelho, veria esta fraqueza e esta devastação.

Velhinho, trocando as pernas bambas nas calçadas. Olho as pernas finas como cambitos. A vista escurece. Velhinho, arrimado a um cacete, balbuciando, tropeçando. Toque-toque — o cajado a bater nos paralelepípedos.

O pensamento escorrega de um objeto para outro. A barba crescida deve ter ficado branca, o pescoço engelhou como um pescoço de galinha.

A mulher desapertava a roupa, despia-se cantando, e eu me conservava distante, encabulado, tentando desamarrar o cordão do sapato, que tinha dado um nó. Não podia descalçar-me e olhava estupidamente um despertador que trabalhava muito depressa. Os ponteiros avançavam e o laço do sapato não queria desatar-se.

O professor explicava a lição comprida numa voz dura de matraca, falava como se mastigasse pedras.

O político influente entregava-me a carta de recomendação. Eu gaguejava um agradecimento difícil, atrapalhava-me por causa da datilógrafa bonita, descia a escada perseguido pelos óculos de um secretário e pelo tique-taque da máquina de escrever.

Tudo se confunde. A rapariga que se despia, o professor, o político, misturam-se. A criança doente, os enfermeiros, os médicos, o homem dos esparadrapos, não se distinguem das árvores, dos telhados, do céu, das igrejas.

Vou diluir-me, deixar a coberta, subir na poeira luminosa das réstias, perder-me nos gemidos, nos gritos, nas vozes longínquas, nas pancadas medonhas do relógio velho.

Paulo

Pedaços de algodão e gaze amarelos de pus enchem o balde. Abriram todas as vidraças. E no calor da sala mergulho num banho de suor. Já me vestiram diversos camisões brancos, que em poucos minutos se ensoparam. Não posso afastar os panos molhados e ardentes.

As crianças estiveram a correr no chão lavado a petróleo.

— Retirem essas crianças.

Inútil trazê-las para aqui, mostrar-lhes o corpo que se desmancha numa cama estreita de hospital. Não as distingui bem na garoa que invade a sala: são criaturas estranhas, a recordação das suas fisionomias apagadas fatiga-me.

— Retirem essas crianças barulhentas.

As paredes amarelas cobrem-se de pus, o teto cobre-se de pus. A minha carne, que apodrece, suja a gaze e o algodão, espalha-se no teto e nas paredes.

A alguns passos, uma figura de mulher se evapora. Aproxima-se, está quase visível, tem uma cara amiga, uma vida que esteve presa à minha. Mas essa criatura, dificilmente organizada, pesa demais dentro de mim, necessito esforço enorme para conservar unidas as suas partes que se querem desagregar.

As minhas pálpebras cerram-se, a mulher esmorece, transforma-se em sombra pálida. Se me fosse possível falar, pedir-lhe-ia que me deixasse.

Os médicos estiveram aqui há pouco, fizeram o curativo. Enquanto amarravam a atadura, os enfermeiros me levantavam, e eu me sentia leve, parecia-me que ia voar, flutuar como balão, esgueirar-me por uma janela, fugir do cheiro de petróleo e do calor, ganhar o espaço, fazer companhia aos urubus. As palmas dos coqueiros ficariam longe, na praia branca, invisíveis como a mulher que desapareceu na sala neblinosa. Os meus olhos não podem varar esta neblina densa.

Creio que dormi horas. O balde sumiu-se. Muitas pessoas falam, há um burburinho interminável na escuridão. Seria bom que me deixassem em paz. A conversa comprida rola na sala enorme; a sala é uma praça cheia de movimento e rumor.

A imobilidade atormenta-me, desejo gritar, mas apenas consigo gemer baixinho. Se pudesse, diria qualquer coisa à figura alvacenta, que tem agora as feições de minha mulher. Um assunto me preocupa, mas certamente ela não me entenderia se eu fosse capaz de expressar-me. Contudo necessito pedir-lhe que mande chamar o médico. A voz sai-me arrastada, provavelmente digo incongruências. Minha mulher espanta-se, grande aflição marcada nos beiços lívidos e na ruga da testa.

Aborreço-me, exijo que me levem para a enfermaria dos indigentes. Estaria lá melhor, talvez lá me compreendessem. Horríveis estas paredes. Sinto-me abandonado, lamento-me, injurio a criatura solícita que se chega à cama. Por que me olha com olhos de mal-assombrado? Não percebeu o que eu disse? Bom que me mandassem para a enfermaria dos indigentes.

A ferida tortura-me, uma ferida que muda de lugar e está em todo o lado direito. Procuro convencer minha mulher de que o lado direito se inutilizou e é conveniente suprimi-lo.

A enfermaria dos indigentes.

Que fim teria levado o médico? Ele me compreenderia, não me olharia com espanto e ruga na testa.

A minha banda direita está perdida, não há meio de salvá-la. As pastas de algodão ficam amarelas, sinto que me decomponho, que uma perna, um braço, metade da cabeça, já não me pertencem, querem largar-me. Por que não me levam outra vez para a mesa de operações? Abrir-me-iam pelo meio, dividir-me--iam em dois. Ficaria aqui a parte esquerda, a direita iria para o mármore do necrotério. Cortar-me, libertar-me deste miserável que se agarrou a mim e tenta corromper-me.

A neblina se dissipa, as paredes se aproximam, estão visíveis as folhas dos coqueiros e o telhado da penitenciária, o avental da enfermeira aparece e desaparece.

A ruga da testa de minha mulher desfez-se. Provavelmente ela supôs que o delírio tinha terminado. Absurdo imaginar um indivíduo preso a mim, um indivíduo que, na mesa de operações, se afastaria para sempre. Arrependo-me de ter revelado a existência do intruso. Certamente minha mulher vai afligir-se com a loucura que me persegue.

Fecho os olhos, vexado, como um menino surpreendido a praticar tolice. Finjo dormir: talvez minha mulher julgue que falei em sonho. Contenho a respiração, o suor corre-me na cara e no pescoço.

Lá fora eu era um sujeito aperreado por trabalhos maçadores, andava para cima e para baixo, como uma barata. Nunca estava em casa. Recolhia-me cedo, mas o pensamento corria longe, fazia voltas em redor de negócios desagradáveis. Recordações de tipos odiosos, rancor, a ideia de ter sido humilhado, muitos anos antes, por um sujeito que se multiplicava.

O nevoeiro embranquece novamente a sala, as paredes somem-se, o rosto da mulher mexe-se numa sombra leitosa. Torno a desejar que me levem para a mesa de operações, cortem as amarras que me ligam ao intruso.

Evidentemente uma pessoa achacada tomou conta de mim. Esta criatura surgiu há dois meses, todos os dias me xinga e ameaça, especialmente de noite ou quando estou só. Zango-me, discuto com ela, penso em João Teodósio, espírita e maluco. João Teodósio tem olhos medonhos, parece olhar para dentro e fala nos bondes com passageiros invisíveis. O homem que se apoderou do meu lado direito não tem cara e ordinariamente é silencioso. Mas incomoda-me. Defendo-me, grito palavrões, e o sem-vergonha escuta-me com um sorriso falso, um sorriso impossível, porque ele não tem boca.

Tentei ler um jornal. As linhas misturavam-se, indecifráveis. Receei endoidecer, mastiguei uns nomes que minha mulher não entendeu, queixei-me do médico e de Paulo. Como ela não conhecia Paulo, impacientei-me, julguei-a estúpida, esforcei-me por me virar para o outro lado, o que não consegui.

Certamente as criaturas que me cercam embruteceram, são como as crianças que estiveram correndo no chão lavado a petróleo. A enfermeira tem caprichos esquisitos, o médico não perceberá que é necessário operar-me de novo, minha mulher franze a testa e arregala os olhos ouvindo as coisas mais simples.

Comecei um discurso, uma espécie de conferência, para explicar quem é Paulo, mas atrapalhei-me, cansei e desprezei aquelas inteligências tacanhas.

Tempo perdido. Sentia-me superior aos outros, apesar de não me ser possível exprimir-me.

Realmente Paulo é inexplicável: falta-lhe o rosto, e o seu corpo é esta carne que se imobiliza e apodrece, colada à cama do hospital. Entretanto sorri. Um sorriso medonho, sem dentes, sorriso amarelo que escorre pelas paredes, sorriso nauseabundo que se derrama no chão lavado a petróleo.

Escurece. A camisa molhada já não me escalda a pele: esfriou, gelou. E os meus dentes batem castanholas. Morrem os cochichos que zumbiam na sala. Alguém me pega um braço, dedos procuram a artéria.

A escuridão se atenua, o burburinho confuso reaparece, a camisa torna a queimar-me a pele, os dentes calam-se. Incomoda-me a pressão que me fazem no pulso, tento libertar o braço. A mão desconhecida tateia, procurando a artéria. Há um zum-zum na sala, vozes confundem-se como rumor de asas num cortiço. Sinto ferroadas terríveis na ferida.

Os dedos seguram-me, tenho a impressão de que Paulo me agarra. Um ruído enfadonho, provavelmente reprodução de maçadas antigas, berros de patrões, ordens, exigências, choradeira, gemidos, pragas, transforma-se num sussurro de abelhas que Paulo me sopra ao ouvido. Agito a cabeça para afugentar o som importuno. Se pudesse, cobriria as orelhas com as palmas das mãos.

Afinal ignoro quem é Paulo e reconheço que minha mulher tem razão quando me oferece pedaços de realidade: visitas de amigos, colheres de remédio, a comida horrível.

Devo aceitar isso. Curar-me-ei, percorrerei as ruas como os outros. A princípio arrastar-me-ei pelos corredores do hospital, com muletas, parando às portas das enfermarias dos indigentes; depois sairei, a perna ainda encolhida, andarei escorado a uma bengala, habituar-me-ei a subir nos bondes, verei João Teodósio fazendo sinais misteriosos a um lugar vazio.

Preciso resistir às ideias estranhas que me assaltam. Bebo o remédio, peço a injeção, espero ansioso que o médico venha mudar a gaze e o algodão molhado de pus.

Entrarei nos cafés, conversarei sobre política. Uma, duas vezes por semana, irei com minha mulher ao cinema. De volta, comentaremos a fita, papaguearemos um minuto com os vizinhos na calçada. Não nos deteremos diante da porta de João Teodósio. Apressaremos o passo, fugiremos daqueles olhos medonhos de quem vê almas.

Em que estará pensando João Teodósio? Minha mulher interroga-me admirada, repete palavras incoerentes que dirigi a João Teodósio.

Sem querer, entro a palestrar com ele, de volta do cinema. Apoio-me à bengala e suspendo um pouco a perna avariada.

A ferida começa a torturar-me. Não estou de pé, cavaqueando com um vizinho amalucado, estou de costas num colchão duro. Veio-me um acesso de tosse, e o tubo de borracha que me atravessa a barriga parece um punhal. Gemo, o suor corre-me entre as costelas magras como as de um cachorro esfomeado. Tenho sede. A enfermeira chega-me aos beiços gretados um cálice de água. Bebo, ponho-me a soluçar. Os soluços sacodem-me, rasgam-me, enterram-me o punhal nas entranhas.

Estou sendo assassinado. Em redor tudo se transforma. O avental da enfermeira ficou transparente como vidro. Minha mulher abandonou-me. Acho-me numa floresta, caído, as costas ferindo-se no chão, e um assassino fura-me lentamente a barriga. As paredes recuam, fundem-se com o céu, as folhas dos coqueiros tremem, e passa entre elas o cochicho que zumbe na sala.

Paulo está curvado por cima de mim, remexe com um punhal a ferida. Estertor de moribundo na floresta, perto de um pântano. Há uma nata de petróleo na água estagnada, coaxam rãs na sala.

Não conheço Paulo. Tento explicar-lhe que não o conheço, que ele não tem motivo para matar-me. Nunca lhe fiz mal, passei a vida ocupado em trabalhos difíceis, caindo, levantando-me, cansado. Peço-lhe que me deixe, balbucio súplicas nojentas. Não lhe quero mal, não o conheço.

Mentira. Sempre vivemos juntos. Desejo que me operem e me livrem dele.

Sairei pelas ruas, leve, e o meu coração baterá como o coração das crianças. Paulo ficará na mesa de operações, continuará a decompor-se no mármore do necrotério.

O que estou dizendo, a gemer, a espojar-me, é falsidade. Paulo compreende-me. Curva-se, olha-me sem olhos, espalha em roda um sorriso repugnante e viscoso que treme no ar.

Uma figura branca desmaia. O burburinho finda. Alguém me segura novamente o braço, procurando a artéria. O punhal revolve a chaga que me mata.

Luciana

Ouvindo rumor na porta da frente e os passos conhecidos de tio Severino, Luciana entregou a Maria Júlia as revistas e as bonecas de pano, ergueu-se estouvada, saiu do corredor, entrou na sala, parou indecisa, esperando que a chamassem. Ninguém reparou nela. Papai e mamãe, no sofá, embebiam-se na palavra lenta e fanhosa de tio Severino, homem considerável, senhor da poltrona. Luciana adivinhava a consideração: os donos da casa escutavam, moviam a cabeça e aprovavam; na cozinha, resmungando, arreliando-se, a criada preparava café. Às vezes na família repetia-se uma frase que tinha peso de lei.

— Foi tio Severino quem disse.

— Ah!

E não se acrescentava mais nada.

Luciana quis aproximar-se das pessoas grandes, mas lembrou-se do que lhe tinha acontecido na véspera. Mergulhou em longa meditação. Andara com mamãe pela cidade, percorrera diversas ruas, satisfeita. Num lugar feio e escorregadio, onde a água da chuva empoçava, resistira, acuara, exigindo que pusessem ali paralelepípedos. Agarrada por um braço, intimada a continuar o passeio, tivera um acesso de desespero, um choro convulso, e caíra no chão, sentara-se na lama, esperneando e berrando. Em casa, antes de tirar-lhe a camisa suja, mamãe lhe infligira três palmadas enérgicas. Por quê? Luciana passara o dia tentando reconciliar-se com o ser poderoso que lhe magoara as nádegas. Agora, na presença da visita, essa criatura forte não anunciava perigo.

Luciana avizinhou-se do sofá nas pontas dos pés, imitando as senhoras que usam sapatos de tacão alto. Gostava desse exercício, convidava a irmã para brincar de moça. Encolhida e pálida, Maria Júlia cambaleava — e Luciana se arranjava só: prendia cordões numa caixa vazia, que se transformava em bolsa, com um pedaço de pau armava-se de sombrinha e lá ia remedando um pássaro que se dispõe a voar, inclinada para a frente, os calcanhares apoiados em saltos enormes e imaginários. Assim aparelhada, chamava-se d. Henriqueta da Boa-Vista. Manifestara-se à irmã e à cozinheira. Como as duas não admitiam que ela pudesse crescer de repente e mudar de nome, envolvera-as num largo desprezo e começara a entender-se com as paredes: ficava horas meneando-se, fazendo mesuras, dirigindo amabilidades às amigas invisíveis de d. Henriqueta da Boa-Vista.

Tio Severino era notável: vermelho, tinha maçarocas brancas no rosto, o beiço e o queixo rapados, a testa brilhante, sobrancelhas densas e óculos redondos. Entre os dentes amarelos a voz escorria, pausada, nasal, incompreensível. Luciana percebia as palavras, mas não atinava com a significação delas: arregalava os olhos claros, via a figura engelhada aumentar, a roupa escura e os sapatos pretos incharem como pneumáticos. Rondou por ali um instante, mas fatigou-se. Avistou no cabide o guarda-chuva de tio Severino e foi examiná-lo de perto, afastar as varetas, procurar um mecanismo por baixo do tecido. Desistiu da observação, meio decepcionada, e ia esgueirar-se para o corredor quando algumas sílabas da conversa indistinta lhe avivaram a recordação de outras sílabas vagas, largadas por um moleque na rua. Acercou-se do sofá, interrompeu o discurso do velho e repetiu bem alto as palavras do moleque. Papai e mamãe estremeceram, tio Severino engoliu em seco, murmurou:

— Esta menina sabe onde o diabo dorme.

Luciana teve um deslumbramento, o coraçãozinho saltou, uma alegria doida encheu-a. Sentiu-se feliz e necessitou desabafar com alguém. Esquecendo-se de que naquele momento era d. Henriqueta da Boa-Vista, cruzou a sala em passo natural, os calcanhares tocando o chão, desembestou no corredor e exibiu-se a Maria Júlia. Espalhou as revistas e as bonecas, pôs-se a dançar em cima delas. Como a outra caísse no choro, afligiu-se: consolou-a, achou-a miúda, tão miúda que não servia para confidente. Regressou, muito leve, boiando naquela claridade que a envolvia e penetrava.

— Esta menina sabe onde o diabo dorme.

Tio Severino tinha feito uma revelação extraordinária, e Luciana devia comportar-se como pessoa que sabe onde o diabo dorme. Voltou a caminhar nas pontas dos pés, de uma parede a outra, simulando não ver o sofá e a poltrona. Estava sendo observada, notavam nela sinais esquisitos, sem dúvida.

— Foi tio Severino quem disse.

— Ah!

Papai e mamãe, silenciosos, refletindo na opinião rouca do parente grande, com certeza diziam "Ah!" por dentro e orgulhavam-se da filha sabida. Luciana estirou-se, ganhou pelo menos cinco centímetros. Moça, moça completa, inteiramente d. Henriqueta da Boa-Vista. Piscou o olho para tio Severino, convenceu-se de que ele também piscava o olho e a considerava d. Henriqueta, séria, vagarosa, aprumada. Encostou-se à parede, enrugou a testa, alongou o beiço inferior, descansou as mãos na barriga. Assim, adquiria muitos anos e inspirava respeito.

A cena da véspera atravessou-lhe o espírito e importunou-a. Sentada numa poça de água suja, gritara, enlameara-se toda. Naquele despropósito, não era d. Henriqueta da Boa-Vista, não era, evidentemente. Reagira aos chamados e às razões de mamãe e em consequência aguentara três palmadas. A recordação delas atenazou Luciana: as rugas da testa desfizeram-se, o beiço encolheu-se, os calcanhares desceram, os braços tombaram esmorecidos. D. Henriqueta da Boa-Vista não se sentaria numa barroca cheia de lama.

— Que vergonha!

Pouco a pouco a indignação transferiu-se e arrefeceu. A culpada era mamãe, que tivera a ideia infeliz de meter-se num caminho onde não havia paralelepípedos. Mundo bem estranho. Por que era que existiam lugares sem paralelepípedos? Este pensamento obliterou o castigo e a humilhação. Lugares diferentes da calçada tranquila, do quintal sombrio. Na esquina do quarteirão principiava o mistério: barulho de carros, gritos, cores, movimento, prédios altos demais. Talvez o diabo dormisse num deles. Em qual? Desanimada, confessou interiormente a sua ignorância. Não tinha notícia do que havia além das portas de vidro onde se expunham objetos inúteis. E relativamente ao diabo, só podia garantir, baseada nas informações da cozinheira, que ele era preto, possuía chifres e rabo. Chifres e rabo. Para quê? Admirou-se dessa extravagância. Que precisão tinha ele de chifres e de rabo? Preto, estava certo. No bairro moravam alguns pretos, sem chifres nem rabo. E se a cozinheira estivesse enganada? No espírito de Luciana, pouco inclinado a dúvidas, a pergunta esmoreceu, mas a indecisão momentânea descontentou-a: se privassem o diabo daqueles apêndices, ele ficaria reduzido, um brinquedo ordinário. Estremeceu maravilhada, num susto que encerrava prazer, uma visão patenteou-lhe a figura monstruosa. Certamente o diabo tinha gênio ruim, em horas de zanga batia nas pessoas com o rabo, espetava-as com os chifres. E retinto, da cor de seu Adão carroceiro. Mas seu Adão era bom, seu Adão era ótimo: quando via crianças chorando extraviadas, recolhia-as, contava histórias lindas, ria mostrando os dentes alvos. Procurou reconstituir uma das histórias, desviou-a lembrando-se do que lhe sucedia ao apear da carroça e apresentar-se a mamãe.

— Tenha paciência, dona — pedia o negro.

Mexia na carapinha, sorria inquieto, afastava-se levando a afirmação de que a pequena amiga não seria punida. Mamãe não cumpria a palavra.

— Está direito, seu Adão. Muito obrigada.

Logo que ele dava as costas, enfurecia-se:

— Esta menina tem parte com o diabo.

E puxava as orelhas de Luciana. Por quê? Certamente o diabo também fugia de casa. Lisonjeada e medrosa com a terrível associação, Luciana persistia na desobediência, os puxões de orelhas não a livravam da curiosidade. Interrogara seu Adão a respeito dos hábitos da obscura personagem, mas como dispunha de vocabulário escasso, não se explicara bem e obtivera respostas ambíguas. Seu Adão, apesar de negro, não tinha parte com o diabo, provavelmente um sujeito sisudo, triste, como tio Severino. O beiço franzido e o olho duro de tio Severino. Que olho! Entrava-lhe na carne, um espeto, e as mãos dela esfriavam. Naquele dia, porém, o velho não lhe inspirava receio. Maiores que os dele eram os poderes do diabo, com quem Luciana se julgava de alguma forma ligada.

— Esta menina tem parte com o diabo.

A fala ranzinza feria-lhe os ouvidos, dedos finos e nervosos agarravam-na. Um susto, a impressão de ter perdido qualquer coisa e achar-se em risco. Findo o sobressalto, imaginara-se protegida por entidades vigorosas e imortais. Agora a frase de tio Severino firmava-lhe a convicção.

Ergueu-se de novo nas pontas dos pés, atirou na sala as suas longas pernadas sacudidas de ave. D. Henriqueta da Boa-Vista pôs-se a dialogar mentalmente, comentando a voz fanhosa, os óculos, as maçarocas que enfeitavam as bochechas de tio Severino. Realmente ele se equivocava: d. Henriqueta da Boa-Vista reconhecia a própria insuficiência. Cócegas arranhavam a garganta de Luciana, um riso agudo agitou-a. Alegrava-a o pensamento de que os outros se iludiam, considerou-se atilada, capaz de provocar a admiração de criaturas experientes. Com certeza possuía as qualidades necessárias para instruir-se e confirmar o juízo de tio Severino. Por que era que ele não se referira a Maria Júlia? Coitada. Encolhida e bamba, Maria Júlia manejava bonecas, sossegadinha, no corredor e na sala de jantar. D. Henriqueta da Boa-Vista era um azougue: tinha jeito de quem sabe onde o diabo dorme. Ainda não sabia, mas haveria de saber. E cantava no íntimo. As solas dos sapatos mal tocavam o chão, o corpo magro balançava, indo e vindo, movendo as asas. Descobriria o lugar onde o diabo dorme, começaria a busca no dia seguinte. Não alcançava o ferrolho da porta, mas quando mamãe se distraísse, arrastaria de manso uma cadeira, subiria à janela e saltaria à calçada, sem rumor, como de ordinário. Maria Júlia, recortando folhas de revistas, não perceberia a fuga. E d. Henriqueta da Boa-Vista se largaria pelo mundo, importante, os calcanhares erguidos, em companhia de seres enigmáticos que lhe ensinariam a residência do diabo. Dobraria a esquina, perder-se-ia na multidão, olharia os objetos arrumados por detrás dos vidros. Mais tarde seu Adão a embarcaria na carroça: — "Foi um dia uma princesa bonita que tinha uma estrela na testa." Luciana recusava as princesas e as estrelas. Seu Adão coçaria o pixaim, encolheria os ombros. Levá-la-ia para a gaiola. Mamãe recebê-la-ia zangadíssima. E daria, quando seu Adão se retirasse, várias chineladas em d. Henriqueta da Boa-Vista. Sem dúvida. Mas isso ainda estava muito longe — e Luciana aborrecia tristezas.

Minsk

Quando tio Severino voltou da fazenda, trouxe para Luciana um periquito. Não era um cara-suja ordinário, de uma cor só, pequenino e mudo. Era um periquito grande, com manchas amarelas, andava torto, inchado, e fazia: — "Eh! eh!"

Luciana recebeu-o, abriu muito os olhos espantados, estranhou que aquela maravilha viesse dos dedos curtos e nodosos de tio Severino, deu um grito selvagem, mistura de admiração e triunfo. Esqueceu os agradecimentos, meteu-se no corredor, atravessou a sala de jantar, chegou à cozinha, expôs à cozinheira e à Maria Júlia as penas verdes e amarelas que enfeitavam uma vida trêmula. A cozinheira não lhe prestou atenção, Maria Júlia franziu os beiços pálidos num sorriso desenxabido. Luciana desorientou-se, bateu o pé, mas receou estragar o contentamento, desdenhou incompreensões, afastou-se com a ideia de batizar o animalzinho. Acomodou-o no fura-bolo e entrou a passear pela casa, contemplando-o, ciciando beijos, combinando sílabas, tentando formar uma palavra sonora. Nada conseguindo, sentou-se à mesa de jantar, abriu um atlas. O periquito saltou-lhe da mão, escorregou na folha de papel, moveu-se desajeitado, percorreu lento vários países, transpôs rios e mares, deteve-se numa terra de cinco letras.

— Como se chama este lugar, Maria Júlia?

Maria Júlia veio da cozinha, soletrou e decidiu:

— Minsk.

— Esquisito. Minsk?

— É.

Não confiando na ciência da irmã, Luciana pegou o livro, avizinhou-se de mamãe, apontou o nome que negrejava na carta, junto aos pés do periquito:

— Diga isto aqui, mamãe.

— Minsk.

— Engraçado. Pois fica sendo Minsk, sim senhora. Caminhou muito e parou em Minsk. É Minsk.

Nomeado o periquito, Luciana dedicou-se inteiramente a ele: mostrou-lhe os quartos, os móveis, as árvores do quintal, apresentou-o ao gato, recomendando-lhes que fossem amigos. Explicou miudamente que Minsk não era um rato e, portanto, não devia ser comido. Advertência desnecessária: o bichano, obeso, tinha degenerado, perdido o faro, e queria viver em paz com todas as criaturas. Aceitou a nova camaradagem e, dias depois, estirado numa faixa de sol, cerrava os olhos e aguentava paciente bicoradas na cabeça. Essa estranha associação lisonjeou Luciana, que supôs ter vencido o instinto carniceiro da pequena fera e a mimoseou com as sobras da afeição dispensada ao periquito.

O instinto de mamãe é que não se modificava: de quando em quando lá vinham arrelias, censuras, cocorotes e puxões de orelhas, porque Luciana era espevitada, fugia regularmente de casa, desprezava as bonecas da irmã e estimava a companhia de seu Adão carroceiro.

— Luciana!

Luciana estava no mundo da lua, monologando, imaginando casos romanescos, viagens para lá da esquina, com figuras misteriosas que às vezes se uniam, outras vezes se multiplicavam.

A chegada de Minsk alterou os hábitos da garota, mas isto no começo passou despercebido e mamãe continuou a fiscalizar o ferrolho alto da porta, a afastar as cadeiras da janela, excelente para fugas. Pouco a pouco cessaram as precauções — e as amigas invisíveis de d. Henriqueta da Boa-Vista deixaram de visitá-la. D. Henriqueta da Boa-Vista era a personalidade que Luciana adotava quando se erguia nas pontas dos pés, a boca pintada, as unhas pintadas, bancando moça. Perdeu o costume de andar assim, ganhar cinco centímetros apoiando os calcanhares nos tacões inexistentes de d. Henriqueta da Boa-Vista, esqueceu as escapadas, as aventuras na carroça de seu Adão.

— Luciana!

Agora Luciana se encolhia pelos cantos, vagarosa, Minsk empoleirado no ombro. Sentia-se novamente miúda, quase uma ave, e tagarelava, dizia as complicações que lhe fervilhavam no interior, coisas a que de ordinário ninguém ligava importância, repelidas com aspereza. Mamãe saía dos trilhos sem motivo. A criada negra, rabugenta, estúpida, grunhia: — "Hum! hum!" Maria Júlia era aquela preguiça, aquela carne bamba, dessorada, e comportava-se direito em cima de revistas e bruxas de pano, triste. Papai sumia-se de manhã, voltava à noite, lia o jornal. E tio Severino, idoso, considerado, sentava-se na cadeira de braços e falava difícil. Nenhum desses viventes percebia as conversas de Luciana. Seu Adão carroceiro é que procurava decifrá-las, em vão: arredondava os bugalhos brancos, estirava o beiço grosso, coçava o pixaim, desanimado. Por isso Luciana inventava interlocutores, fazia confidências às árvores do quintal e às paredes. Esse exercício, agradável durante minutos, acabava sempre fatigando-a. As sombras misturavam-se, esvaíam-se. Afinal desapareceram, substituídas pelo periquito, colorido e ruidoso, de espírito dócil e compreensivo.

— Minsk!

Minsk arregalava o olho, engrossava o pescoço, crescia para receber a carícia:

— Eh! eh!

Antes de amanhecer estalava na casa o grito agudo que aperreava mamãe. Uma ponta da coberta descia da cama da menina. O periquito se chegava banzeiro, arrastando os pés apalhetados, segurava-se ao pano com as unhas e o bico, subia. Os braços magros de Luciana curvavam-se sobre o peito chato, formavam um ninho. E os dois cochilavam um ligeiro sonho doce.

Minsk era também um ser disposto às aventuras e à liberdade. Agitavam-no caprichos, confusas recordações do mato, e batia as asas, alcançava a copa da mangueira, voava daí, passava algumas horas vadiando pela vizinhança. Satisfeitos esses ímpetos de selvagem, regressava, pulava dos galhos, pezunhava no chão, doméstico e trôpego. Se se demorava na pândega, Luciana, inquieta, subia à janela da cozinha, sondava os arredores, bradava com desespero, até que ouvia duas notas estridentes, localizava o fugitivo, saía de casa como um redemoinho, empurrava as portas, estabanada:

— Quero o meu periquito.

Entrava sem cerimônia, dava buscas, voltava triunfante, com o vagabundo no ombro. Virava o rosto, enviava-lhe beijos. Minsk se equilibrava agarrando-se à alça da camisa dela, metia a cabeça no cabelo revolto, bicava delicadamente as orelhas e o couro cabeludo.

Ora, Luciana, estouvada, nunca via os lugares onde pisava. Mexia-se aos repelões, deixava em pontas e arestas fragmentos da roupa e da pele. Tinha além disso o mau vezo de andar com os olhos fechados e de costas. Sabia que essa maneira de locomover-se irritava as pessoas conhecidas, indivíduos ranzinzas, exigentes. Mas a tentação era forte. E se conseguia, de olhos fechados e de costas, atravessar o corredor e a sala de jantar, descer os degraus de cimento, chegar ao banheiro, considerava-se atilada e rejeitava as opiniões comuns. Otimismo curto. Uma pisada em falso, um choque na mesa, um trambolhão, e o orgulho se desmanchava. Um calombo aparecia no quengo, engrossava, justificava as impertinências caseiras. Luciana baixava a crista, humilhada. Necessário recomeçar as experiências, até acertar.

Um dia em que marchava assim pisou num objeto mole, ouviu um grito. Levantou o pé, sentindo pouco mais ou menos o que sentira ao ferir-se num caco de vidro. Virou-se, alarmada, sem perceber o que estava acontecendo. Havia uma desgraça, com certeza havia uma desgraça. Ficou um minuto perplexa, e quando a confusão se dissipou, sacudiu a cabeça, não querendo entender.

— Minsk!

A aflição repercutiu na casa, ofendeu os ouvidos de mamãe, de Maria Júlia, da cozinheira, chegou ao quintal e à rua.

— Minsk! — gritou mais baixo.

Parecia que era ela que estava ali estendida no tijolo, verde e amarela, tingindo-se de vermelho. Era ela que se tinha pisado e morria, trouxa de penas ensanguentadas. Minsk. Devia ser um sonho ruim, com lobisomens e bichos perversos. Os lobisomens iam surgir. Por que não acordava logo, Deus do céu? Saltar a janela, andar em ruas distantes, entrar na carroça de seu Adão.

— Minsk!

Ele ia exibir-se, fofo, importante, banzeiro, arrastando os pés, todo frocado: — "Eh! eh!"

— Não morra, Minsk.

Pobrezinho. Como aquilo doía! Um bolo na garganta, peso imenso por dentro, qualquer coisa a rasgar-se, a estalar.

— Minsk!

Ele estava sentindo também aquilo. Horrível semelhante enormidade arrumar-se no coração da gente. Por que não lhe tinham dito que o desastre ia suceder? Não tinham. Ameaças de pancadas, quedas, esfoladuras, coisas simples, sofrimentos ligeiros que logo se sumiam sob tiras de esparadrapo. O que agora havia se diferençava das outras dores.

Os movimentos de Minsk eram quase imperceptíveis; as penas amarelas, verdes, vermelhas, esmoreciam por detrás de um nevoeiro branco.

— Minsk!

A mancha pequena agitava-se de leve, tentava exprimir-se num beijo:

— Eh! eh!

A prisão de J. Carmo Gomes

Na pequena casa do Meyer, à rua Castro Alves, d. Aurora Gomes, filha do major Carmo Gomes, hoje defunto, soltou o jornal desanimada, com um aperto na garganta, procurando ar, o diafragma contraído. Os intestinos remexeram-se, d. Aurora deu uns passos no corredor e dirigiu-se à sala de jantar. Aí, debelado o tumulto das tripas, normalizada a respiração, encostou os cotovelos à janela, enxergou à direita o fundo da igreja, à esquerda o telhado baixo do núcleo integralista e a ponta de um mastro onde às vezes se balançava a bandeira nacional. Era domingo. A igreja devia estar aberta àquela hora, mas a bandeira não se agitava em frente dela.

D. Aurora pensou no jornal abandonado minutos antes, uma angústia apertou-lhe novamente o coração e outras vísceras. Encaminhou-se ao banheiro, fechou-se. E a casa do Meyer, a casa que o major Gomes adquirira em longos anos pacientes e arrastados, ficou deserta, para bem dizer ficou deserta, apenas com duas criaturas: o canário e o gato. O canário molhava-se no bebedouro da gaiola, o gato cochilava em cima de uma cadeira — e as talas que os separavam permitiam entre eles uma espécie de cordialidade.

Entre d. Aurora e o irmão é que não havia cordialidade. Por isso um tinha sido comido.

Repiques de sinos, o pregão de um vendedor ambulante, a asma do gato, o banho ruidoso do canário, conversas indistintas na vizinhança, som de líquido a ferver na cozinha. Depois água a derramar-se e a porta do banheiro a abrir-se.

D. Aurora entrou na sala de jantar, enxugando as mãos nos cabelos, pisando macio, movendo os beiços pálidos. Sentou-se à mesa, friorenta, tentou aquecer-se na faixa de sol que vinha da janela. Meteu os dedos úmidos no pelo do gato, espiou a folhagem da roseira e o muro do quintal. Ergueu-se cambaleando, quis ver o que havia lá fora, recuou temerosa. A igreja era velha e firme, naturalmente, mas o edifício fronteiro começava a arruinar-se, com certeza começava a arruinar-se, e os frequentadores dele viviam por aí à toa, escondidos, como ratos em tocas.

O badalar dos sinos animou-a debilmente. Outras pessoas iam agora à missa, rezar por ela: as filhas do sargento, a professora vesga, a mulher do funcionário da polícia, o caixeiro míope, os dois estudantes de cabelos escorridos, o instrutor do tiro. Consideradas em conjunto, de longe, essas figuras lhe pareciam capazes de sacrifício e heroísmo; isoladas, surgiam mesquinhas e egoístas. O caixeiro e as moças do sargento só se ocupavam com os seus negócios. Teriam os estudantes de cabelos escorridos aquele horrível costume que lhes atribuíam? D. Aurora sacudiu a cabeça e afastou o juízo temerário. Para que estar catando defeitos no próximo? Eram todos irmãos. Irmãos. Estremeceu com uma recordação desagradável, que logo se apagou, olhou a igreja, refugiou-se ali um instante. Virou-se para o outro lado, avistou o mastro sem bandeira, as portas fechadas do núcleo integralista. A vaga sensação de segurança que tinha experimentado vendo a igreja esmoreceu.

Ai, ai.

Suspirou, achou-se abandonada, sozinha, miúda como um rato, exposta a inimigos numerosos. As notícias do jornal voltaram-lhe ao espírito: gente oculta, casas varejadas, documentos apreendidos, fugas, uma trapalhada, santo Deus. Listas, listas que enchiam colunas. Torceu as mãos, recolheu-se precipitadamente, com a ideia de que a espionavam dos quintais vizinhos.

Acariciou o gato, consolou-se um pouco afirmando interiormente que tinha muitos amigos, uma legião de amigos. Ignorava o sentido exato de *legião,* mas, depois de escutar o discurso de um chefe, guardara a palavra, que parecia significar número e força. Legião de amigos. Confiava nas coisas indeterminadas. A confiança pouco a pouco minguou, a fortaleza e a quantidade reduziram-se, a legião distante se desagregou — e em lugar dela ficaram os dois rapazes de cabelos escorridos, o míope, o instrutor, as filhas do sargento, a professora vesga e a mulher do funcionário da polícia. Achou-se perto dessas pessoas e enfraqueceu: evidentemente nenhuma delas poderia ajudá-la. A suposição de que a companhia boa na véspera se tornara inconveniente andou-lhe na cabeça, localizou-se, permaneceu ali, esgaravatando--lhe os miolos.

Foi procurar um objeto no quarto, parou irresoluta diante do guarda-vestidos, viu-se no espelho, branca e agitada. Se alguém a descobrisse, perceber-lhe-ia facilmente a consternação. Deu umas passadas trêmulas, cerrou a porta, encostou-se à cabeceira da cama, enxugou na coberta os dedos suados. Aproximou-se novamente do guarda-vestidos, estacou indecisa:

— Onde estou com a cabeça?

Coçou a testa, o queixo, atenta aos rumores da rua. Provavelmente discutiam na cidade o enorme desastre. E, cedo ou tarde, viriam chamá-la, arrastá-la, deixá-la muitos dias sentada numa cadeira, malcomida e maldormida, ouvindo provocações. Engulhou, as pernas fraquejaram. Venceu a tonteira, esfregou as pálpebras e respirou profundamente.

Com um sobressalto, recordou-se do que tinha ido fazer. Abriu o móvel, retirou de um gancho o uniforme. O coração engrossou, os olhos encheram-se de lágrimas. Numa espessa névoa, a saia branca tornou-se quase invisível, a blusa verde apareceu desbotada, o sigma negro da manga deformou-se. Engoliu o choro, reprimiu a comoção, estendeu a roupa em cima da cama, afagou-a com os dedos e com a vista. De repente alarmou-se: cometia uma falta. Se entrassem na casa sem pedir licença e empurrassem a porta do quarto, surpreendê-la-iam tocando naqueles despojos comprometedores. Arrumou-os, empacotou-os numa toalha, escondeu-os na gaveta inferior da cômoda, sob colchas e fronhas. Em seguida trancou a gaveta e guardou a chave no seio.

Momentaneamente liberta da opressão, retirou-se do quarto, esgueirou-se pelo corredor, entrou na sala, acercou-se da janela, descerrou devagarinho a rótula.

— Tudo bem escondido.

Perturbada como estava, não poderia dizer se se referia aos chefes da insurreição ou à blusa e à saia que enrolara na toalha e metera na gaveta da cômoda.

Avistou os estudantes lisos, assustou-se. Ia recuar, mas deteve-se envergonhada: renegar os companheiros assim era covardia. Virou-se e desejou não ser vista. Um minuto depois, mordida pela curiosidade, envesgou um rabo de olho, percebeu os rapazes ali perto, de costas para ela, dobrando a esquina. Indignou-se. Aqueles descarados pretendiam evitá-la. Indecência. Onde estava a solidariedade? Velhacos. Fingindo-se inocentes, receando cumprimentá-la, como se ela tivesse uma doença contagiosa. Pois não eram inocentes não. Tremeu pensando nos interrogatórios. Medonhos, não havia meio de se guardar um segredo. Se a inquirissem brutalmente, se a atormentassem, como havia de ser? Na verdade sabia pouco, mas teria força para conservar-se calada?

O funcionário da polícia, amigo, passou na calçada fronteira, proporcionou-lhe um choque, um sorriso vexado, uma inclinação de cabeça. Caso o funcionário tocasse no chapéu e viesse prosar com ela, d. Aurora se tranquilizaria completamente, exibiria firmeza, daria uma lição aos cretinos que lhe tinham virado o focinho e até poderia colher algumas novas da encrenca.

Uma conversinha mole às vezes serve. Falaria ao sujeito naturalmente, como se não tivesse interesse, e recomendaria uns conhecidos que o jornal mencionava. Não, não recomendaria ninguém, seria imprudência.

Esses pedaços de resoluções contraditórias desfizeram-se num instante: o funcionário afastou-se coberto de sombras, e d. Aurora caiu na realidade, com um arrepio no espinhaço. Pegou-se à Virgem Maria, tentou justificar-se. Não entendia aquela trapalhada: assalto ao palácio presidencial, a quartéis, a residências particulares, tiros, brigas, mortes, um fim de mundo. Condenou os indivíduos responsáveis pela bagunça, uns criminosos. Tinha alguma coisa com eles? Não tinha. Queria uma revolução, ou antes quisera uma revolução. Agora não queria nada, mas na semana anterior ainda sonhava com um barulho diferente dos outros, um barulho dentro da ordem, sem risco. Certamente era preciso sangue. Em passeatas e em *meetings* algumas vezes se assanhara. Sangue, perfeitamente, sangue dos inimigos da pátria.

Aquele terrível desfecho não entrara nos planos de d. Aurora. Sentia-se traída: pelos desordeiros, que tinham espalhado nas ruas confusão e terror, e pelo governo, que teimava em conservar-se, não se demitia, ranzinza. E também se considerava um pouco traída pelos seus chefes, por não haverem previsto a desgraça e, em discursos, martelando o peito, berrarem com tanta energia que era difícil a gente não acreditar neles.

Fechou o postigo, entrou, mergulhou no sofá, desorientada. As molas da peça antiga protestaram rangendo levemente. Assustou-se. Não devia confiar em ninguém. Referia-se aos chefes, mas confundiu-os com os autores da subversão. Sacudiu-se, afirmou que estes últimos eram comunistas disfarçados em membros do partido, agentes de Moscou pagos para criar dissidência lá dentro.

O funcionário da polícia tinha passado sem fazer a saudação do costume. Certamente a mulher estava encalacrada e ele precisava salvá-la: ia tornar-se rigoroso, rigoroso em demasia com os outros. Assim, desviaria suspeitas. D. Aurora refletiu com mágoa nessas intransigências repentinas, na malícia e na fraqueza de amigos que desertam em horas de aperto. Mas o pesar misturou-se com admiração e temor. Um estranho respeito amolecia-a, jogava-a, perplexa, aos sujeitos hábeis que escolhem a posição conveniente, a palavra exata, a hora de bater palmas. Ela, coitada, entregara-se antes do tempo. E lamentava não poder explicar-se, gritar que reprovava aquele desconchavo e respeitava a autoridade.

Pôs-se a fazer um longo exame de consciência, mergulhou no passado, lembrou-se do major Carmo Gomes, gordinho, baixinho, terrivelmente conservador, desgostoso do filho, que não arranjava profissão decente e lia brochuras subversivas. Para consertar esse filho degenerado, o major esgotara todas as razões conhecidas, e, incapaz de levá-lo ao bom caminho, recorrera às ameaças:

— Tu acabas na cadeia, José.

O rapaz ouvia sem discutir e continuava agarrado aos folhetos. Não encontrando resistência, o velho excitava-se, monologava, soprava, afinal explodia:

— Tu acabas na cadeia, José.

Tanto repetira a frase que d. Aurora se convencera de que o fim do irmão seria realmente a cadeia.

O major sucumbira em poucos minutos. Estivera a desatinar sobre um romance de foice e martelo, atacara rijamente essa literatura execranda, sentira-se mal, recolhera-se — e o aneurisma rebentara de chofre. D. Aurora, nos chiliques do enterro, juntara soluços, fragmentos de orações e objurgatórias incongruentes ao irmão, quase um parricida.

— Que será de mim, santo Deus? — choramigava sem cessar.

Esse brado egoísta não tinha cabimento: d. Aurora ficava com algumas economias, a casa do Meyer, o soldo e o montepio do finado. José começava a ganhar dinheiro nos jornais, de ordinário comia fora, não dava incômodo. E quando aparecia na rua Castro Alves, passava semanas batendo na máquina, folheando os livros excomungados e rasgando papéis.

D. Aurora desconfiava desse trabalho misterioso e aborrecia o irmão por ele ser pálido e encolhido, falar baixo e pouco, ou largar tiradas incompreensíveis que a deixavam de boca aberta. Nesses instantes de comunicabilidade a fraqueza do rapaz se desvanecia, e d. Aurora tinha a impressão de que ele a enganava fingindo-se amarelo e achacado.

De repente estalara a revolução de 30. E, mal recomposta, de luto ainda, a moça quase endoidecera. Imaginava bombardeios aéreos, tremia como um pinto molhado, não sossegava, não dormia. Desgraças nasciam-lhe no espírito, obscuras, terríveis, tomavam formas esquisitas e concentravam-se no Meyer. O grito de um carroceiro avisara-a de que iam derrubar as igrejas. D. Aurora entrava em igrejas por hábito, como noutros lugares, mas estava apavorada — e as igrejas pareceram-lhe de supetão asilos sagrados. A professora vesga cochichara uns boatos concernentes a roubos e violações. D. Aurora procurava debalde um canto para se esconder. Admitia que lhe arrebatassem os haveres, mas o atentado contra a sua pureza resistente era demais.

Lembrava-se da história do Brasil. A professora não era vesga, era fanhosa. — "Quem foi o primeiro governador-geral?" Quantas mudanças depois desse primeiro governador-geral! As estampas representavam índios monstruosos, nus, de beiços furados. Os revolucionários não se distinguiam bem deles: saqueavam, queimavam, destruíam. E d. Aurora passava noites horríveis. Num jejum prolongado, sentia a cabeça rodar, rodar, o pescoço transformar-se num parafuso. As paredes do quarto desmoronavam-se lentamente, selvagens nus iam dançar e fazer caretas em torno da sua cama. Caíam-lhe depois em cima do corpo, machucavam-na, arranhavam-na, rasgavam-na. Ela soltava gritos em vão e no dia seguinte erguia-se a custo, os olhos arregalados cheios das visões do pesadelo. As mãos trêmulas comprimiam a barriga, os beiços lívidos mexiam-se balbuciando.

— "Quem foi o primeiro governador-geral?" Tentava encher o espaço que a separava desse primeiro governador-geral, mas aí havia uma escuridão, uma amálgama de fatos nunca percebidos convenientemente e agora obliterados. Esforçava-se por se recordar de outras revoluções. O medo não lhe permitia relacionar as ideias. Precisava fugir, não sabia para onde. Um dia trancara a porta, largara-se à toa, em busca de um refúgio. O irmão fora encontrá-la muito longe de casa, quase a chorar. E ela se deixara conduzir passivamente. Ouvia conselhos, sentia uns dedos lhe sacudirem o braço, e não escutava nada nem opunha resistência.

Desde esse momento, enervada, ficava horas quieta, os cabelos em desalinho, os dentes sujos, indiferente a tudo, como se já não fosse deste mundo, esperando resignada o martírio, desejando até que ele viesse logo e aquilo findasse. Na sua alma acabrunhada operava-se uma reviravolta: agora xingava o governo. Se se entregasse o poder aos revolucionários, eles não teriam motivo para zanga e talvez usassem generosidade.

No abandono e na inconsciência, enrugada e envelhecida, percebera a vitória da sublevação. Dificilmente emergira do torpor, readquirira pouco a pouco a integridade, mas conservara uma inquietação, o receio de que novas tempestades se armavam, raiva a inimigos invisíveis que lhe haviam causado tanto susto.

Tempo depois a professora vesga lhe fizera uma visita e estivera duas horas a admirar-lhe a casa, o quintal, a mobília, o retrato do major Gomes, exposto na sala, junto ao Coração de Jesus. D. Aurora recebera o inventário dessas vantagens com um sorriso modesto e a alegria de quem se considera invejado. Tinha onde encostar os ossos, não importunava ninguém.

— Pois não é? — tornara a professora. — Independência.

Ela não gozava independência. Humilhava-se ao ponto e ao senhorio, mas respeitava a independência alheia. Afinal a casa não caíra do céu por descuido: fora construída pelo major. D. Aurora escutava assombrada e a outra continuava a embaraçá-la:

— Cá para mim acho isso um roubo. Eles prometem farmácia, médico e a educação dos meninos. Mas a senhora não está doente nem tem filhos. É razoável que lhe tomem a casa? Não é.

D. Aurora, atrapalhadamente, defendera os seus direitos mais ou menos assim:

— D. Júlia, penso que a senhora está equivocada. Não temos questão com pessoa nenhuma, graças a Deus. Os nossos papéis estão em regra, todos os impostos pagos na prefeitura. A casa é nossa, minha e de meu irmão José.

— Seu irmão...

D. Júlia franzira um sorriso azedo. E d. Aurora, com a pulga atrás da orelha:

— Diga, d. Júlia...

A professora vesga batera nos beiços e eximira-se de avançar qualquer palavra que originasse discórdia na família.

— Estamos numa época terrível, d. Aurora.

— É exato. A senhora sabe alguma coisa? Essa história da casa? Como é isso?

D. Júlia generalizara a dificuldade: não se tratava especialmente da casa do Meyer, mas de todas as casas que eles pretendiam invadir.

— Eles quem, d. Júlia?

— Os comunistas. Se essa cambada subisse, a senhora iria trabalhar numa fábrica e calçar tamancos.

— Ora essa! — murmurara a filha do major, desanuviada. — Quando a senhora me falou daquele jeito, assustei-me. Não sobe não. Deus é grande.

— Está bem, está bem.

E a visita se despedira com frases vagas, entre elas algumas que o major costumava empregar nas suas investidas aos hábitos perniciosos do filho.

— É isso mesmo, d. Júlia. O mundo está virado.

Suicídios, fome, devastação. D. Aurora, esquecida de que esses horrores lhe haviam sido agourados inutilmente em 1930, voltara a receá-los — e caíra na sacristia, encomendara-se aos santos, pedira a Nossa Senhora que estabelecesse um cordão sanitário em redor do Brasil. Tornara-se amiga íntima da professora e, conversa vai, conversa vem, tivera a notícia de que o cordão sanitário existia. O que era preciso era engrossá-lo.

— A senhora acredita que eles salvem a gente? — exclamara meio incrédula. Não sei não. Até agora eu julgava isso uma brincadeira, uma espécie de carnaval.

— É o seu erro, d. Aurora. Abra os olhos. A senhora vive tão retirada... O futuro do Brasil é verde. Verde, a cor das nossas esperanças, a cor das nossas florestas.

— Como disse, d. Júlia?

A pregação inicial continha um trecho referente à concepção totalitária do universo — e d. Aurora se espantara, querendo saber se a vesga ficava naquilo ou ia expor coisas mais fáceis de entender. Inteirando-se de que havia creches, escolas, armas, dinheiro, tipos graúdos interessados no negócio, balançara a cabeça, concordando:

— Bem, isso é outra cantiga.

Vieram a encrenca do Rio Grande do Norte e o levante do 3º regimento. A imprensa derramara abundantes minúcias.

E d. Aurora de repente se convertera. Pensando pouco, vendo inimigos em toda a parte e desejando ardentemente eliminá-los, aderira ao Sigma com fervor e intransigência. As notícias de prisões davam-lhe um sombrio contentamento.

— Vão-se os anéis, fiquem os dedos.

Seria bom que as cadeias se enchessem e abarrotassem, até não haver cá fora nenhuma semente ruim. E como as sementes ruins eram as que germinavam longe da plantação verde, d. Aurora achava natural o despovoamento do país. Antes isso que aceitar misturas perigosas e corrutoras. Apesar de muito corte e muito estrago, ainda sobrariam elementos sãos, que se multiplicariam. D. Aurora desejava uma nova humanidade, pensava nela com ternura, enquanto odiava furiosa adversários e neutros. Inadmissível qualquer neutralidade quando as forças do mal se desencadeavam, ameaçavam subverter noções de pedra e cal.

As ideias morais de d. Aurora se alteravam profundamente. Eram bons os indivíduos que se achavam perto dela, eram maus os que passavam de largo. Se alguém despia a camisa verde, perdia numerosas virtudes, e o que a vestia, embora fosse um malandro, purificava-se. Fora do Sigma não havia salvação. Duas espécies de homens: amigos e inimigos.

Na ânsia do proselitismo, esquecia os deveres domésticos; só lia as publicações de propaganda; gestos desrespeitosos, sorriso irônico ou erguer de ombros, davam-lhe fúrias tremendas.

Numa parada ouvira esta observação: — "Quanta gente feia!" Examinando os companheiros mais próximos, notara sujeitos de cabeças miúdas, corcundas, moças amarelas de rostos inexpressivos, um aborto cabeludo que devia ter bem oitenta anos. Como supor que daquela carne fraca sairiam gerações fortes e belas? A instituição perfeita apresentava falhas a quem a via sem entusiasmo. E d. Aurora arrefecera, murchara, receara que a concepção totalitária e outras fórmulas não bastassem para debelar o anarquismo, o comunismo, a democracia, iniquidades indecisas que ela atrapalhava. Sentia esses malefícios imponderáveis em toda a parte: nos jornais, nas sessões de espiritismo, nas lojas maçônicas, nas fábricas, nas repartições, nas escolas, nos sambas dos morros, nas macumbas, em pedaços de conversas na rua. Para que lutar? Seria necessário suprimir todos os meios de contágio, e isto não era empreitada para uma d. Aurora da rua Castro Alves.

Passara dias incapaz de ação, imaginando a onda vermelha a crescer, a afogar tudo, a sujar tudo. Ia ser poluída por brutos. Fechava-se no quarto, deitava-se, estrangulando o choro. Bamba, a respiração curta, as asas do nariz palpitando, deixava-se ultrajar em pensamento. Coitadinha. Não ficaria na rua Castro Alves. Iam apoderar-se da casa, destruir a mobília, o Coração de Jesus, o retrato do major. E a filha do major rolaria à toa pela cidade, arriaria num canto de muro ou num vão de porta, rasgada e faminta, quase maluca, sufocada pela fumaça dos incêndios. Libertava-se com esforço desses desânimos, confessava-se culpada.

— Qualquer desfalecimento é uma traição, d. Aurora. Não acha?

— É o que eu digo, d. Júlia. Se nós fraquejarmos, eles tomam fôlego e avançam. É não largar, eu sempre disse.

E d. Aurora cobrava alento, mergulhava nos telegramas, tentava perceber o que havia no mundo. Enrugava a testa, enjoada: negava qualquer relação entre os acontecimentos exteriores e os do Brasil.

— Estamos longe disso, graças a Deus.

Confiava na repressão, mas por fim o número de acusados chegara a inquietá-la.

— Ora vejam que miséria. Quem havia de supor? Tudo bichado.

Nesse ponto uma aflição lhe roera a alma: vivia ali com ela, respirando o mesmo ar e consumindo o montepio, um Carmo corrompido. Realmente não se comunicavam, quase se desconheciam, mas, quisessem ou não quisessem, eram Carmos, filhos do major e proprietários da casa do Meyer.

— Isto é a vergonha da família — segredava ao canário.

A família, remota e esfarelada, perdida no interior, servia para desabafos. José manchava os cabelos brancos dos avós. Que diabo escrevia ele, trancado no quarto? Ultimamente os jornais lhe pagavam as bobagens. A ideia de que aquilo se vendia aperreava a mulher. Habituara-se a julgar o irmão uma coisa inútil. A inutilidade começava a mexer-se, os papéis datilografados significavam dinheiro — e o julgamento se modificava. José dividia-se em duas partes: uma, encolhida e caseira, merecia desprezo; a outra, que se manifestava nas folhas, tornava-se perigosa. D. Aurora precisava combater uma delas. Lembrava-se da reticência de d. Júlia: — "Seu irmão..." E da profecia do major: — "Tu acabas na cadeia, José." Tentava comover-se, achar a sentença demasiado severa, absolver o desgraçado. Talvez o pobre se corrigisse.

Esses bons propósitos esmoreciam. Impossível deixar criminosos em paz, até eles resolverem emendar-se. D. Aurora exprobrava-se, remoía sem descanso o valor dos que tinham recalcado sentimentos e largado em público a afirmação cruel e indispensável. Se cada um determinasse conservar em casa um foco de infecção, a que se reduziria o movimento?

Em casa. Lá vinha de novo a casa. Que interesse tinha José em entregá-la aos agentes de Moscou? Hem? Que interesse tinha? Se fosse toda dele, seria loucura, sem dúvida, mas enfim ninguém podia reclamar; oferecer, porém, de mão beijada, a parte dela, isto não: era safadeza, era ladroeira.

Na ausência do irmão, entrava-lhe no quarto, farejava-lhe os panos, revistava-lhe os bolsos e as gavetas. Barbaridades: livros em língua estrangeira, correspondência equívoca, uma resma de papel em branco.

— Ora vejam. Que patifarias não vão ser escritas neste papel!

Então lá fora não compreendiam que J. Carmo Gomes era um desordeiro? J. Carmo Gomes. Aquele idiota ganhava importância: J. Carmo Gomes parecia nome de gente. Dez anos atrás era apenas Zezinho. Em criança, tinha aguentado muito repelão, ouvido muito grito do pai e da irmã. Depois se refugiara no estudo. D. Aurora tentava lembrar-se com simpatia do Zezinho — e via em pensamento um boneco mal-amanhado e triste. Era mais velha que ele, nunca haviam brincado juntos. Agora Zezinho estava feito J. Carmo Gomes.

— "Tu acabas na cadeia, José." Que rigor do major! Se ele não tivesse rogado essa praga ao filho, talvez o infeliz seguisse os bons exemplos.

O capitão França tinha gravados na cabeça, como num disco, todos os feitos do Paraguai; o capitão Barros admirava excessivamente Napoleão. Uma noite os dois se haviam pegado num debate violento sobre tática e estratégia, e o major, para acalmá-los, inculcara uma partida de xadrez. Movendo as peças, o capitão Barros soprava, teimando ainda, querendo que o França definisse estratégia.

Zezinho fechava o paletó, encolhia-se dentro dele como um cágado, fumava guardando o cigarro na mão em concha. Parecia um menino que fuma escondido. E se alguém lhe falava, estremecia, sorria vexado e dava respostas absurdas. O capitão Barros impacientava-se:

— Endireite o espinhaço, criatura. Meta-se na ginástica, aprume-se.

Zezinho não se aprumava e o major perdia as esperanças. — "Tu acabas na cadeia, José."

D. Aurora suspirava, esfregando as mãos. Nunca um pai devia dizer semelhante coisa. O resultado era que o rapaz se perdera. Provavelmente não fabricava bombas nem entrava em conflitos: ignorava química e faltava-lhe coragem. Na hora do barulho do 3º regimento estava em casa, dormindo. Não era, pois, combatente: era um desses indivíduos encarregados de semear mentiras e ferir costumes respeitáveis.

Por que seria que Zezinho se bandeava? Que a canalha mostrasse os dentes, vá lá; mas era bem duro ver um filho do major Carmo obedecer a ateus vagabundos. D. Aurora desejava explicar-lhe que ele estava demente, que não valia a pena sacrificar-se, perder a casa. Se os trabalhadores conquistassem o poder, Zezinho e idiotas como ele morreriam de fome ou seriam fuzilados. Agarrara essa opinião num comício e estava certa de sempre ter pensado assim.

D. Aurora se compadecia do irmão. Se ele tivesse escutado os conselhos do capitão Barros, seria um homem. Não atendera aos amigos, fora entregar-se a impostores que lhe exploravam a vaidade. Tirassem-lhe a vaidade, e J. Carmo Gomes se tornaria Zezinho, um menino tolo que não sabia servir-se das mãos, pisava nos buracos e necessitava castigo. Sem dúvida, necessitava castigo para se comportar direito, não se cortar nas facas que pegava, não correr para baixo dos automóveis.

Agora estava crescido — e conservava-se desazado e imprudente, buscando infelicidades. Com certeza o fuzilariam, se o comunismo levantasse a cabeça. Coitado. Grande, senhor do seu nariz, não tinha quem o defendesse, um pai que lhe puxasse as orelhas e lhe desse cascudos: — "Senta aí, cria juízo." Trabalhava demais — e seria fuzilado quando não precisassem dele. J. Carmo Gomes, a irmã, o capitão França e o capitão Barros seriam fuzilados. E d. Aurora se condoía de todos. Então era regular deixar-se um louco em liberdade, queimando, matando? J. Carmo Gomes não queimava nem matava, mas vivia a elogiar incendiários e assassinos. Elogiava de boa-fé. Isto não lhe diminuía a culpa. Se ele tivesse má intenção, talvez uns restos de bondade lhe iluminassem a alma; certo de que procedia bem, não recuaria.

E d. Aurora se convencera de que o único meio de proteger o irmão seria guardá-lo a ferrolho e chave. Longos dias essa ideia lhe rondara o espírito. As razões de ordem econômica foram afastadas com indignação: intolerável pensar em dinheiro. Era também verdade que ela gostava de Zezinho. Não tinham tido origem no mesmo ventre? Restava, pois, aquele motivo, a que d. Aurora se pegava com força, receosa de que ele se desfizesse. O moço ficaria bem na cadeia. Ausente do mundo e das publicações abomináveis, afugentaria pensamentos maus.

José devia ser preso. E deixavam-no solto, envenenando e envenenando-se. Por quê? Talvez o poupassem por ele ter uma irmã no Sigma. D. Aurora arreliava-se, queria gritar que recusava essa condescendência, envergonhava-se quando lhe falavam em pessoas de consideração detidas por suspeitas.

— Por que não há de ser assim? — balbuciava com entusiasmo frouxo. — Por que só encanar os pequenos?

Atrapalhava-se. Alguns olhares ambíguos pareciam-lhe censuras. — "Seu irmão..." D. Júlia deixara a frase incompleta, mas via-se perfeitamente que tinha o rapaz em má conta. Provavelmente andavam por aí a cochichar que d. Aurora, uma oportunista, vestira a camisa verde por manha, acendia uma vela a Deus e outra ao diabo. Ninguém acreditava na sinceridade dela. Uma oportunista. Quando a gangorra virasse e a gente da esquerda serrasse de cima, J. Carmo Gomes a defenderia. Era o que pensavam, certamente. E d. Aurora não tinha sossego. Dedicava-se ao partido, recebia tarefas pesadas, mas não estava satisfeita. Em todas as conversas percebia remoques. Badalava que não conhecia parentes, que não se responsabilizava por ninguém. Perturbada, os olhos baixos, procedia como quem se desculpa. Abria-se às vezes com d. Júlia, chegava quase a pedir-lhe que fizesse a delação. A professora ouvia-a com reserva, atenta, o nariz longo, os beiços finos apertados, as pálpebras caídas. D. Aurora notava-lhe nos modos uma reprovação contínua. E afastava-se, impelida para várias direções.

Levantara-se um dia branca, machucada, zonza, olheiras enormes, um embrulho no estômago. Vestindo-se lenta, esquecendo peças de roupa, temendo qualquer rumor, padecia muito. Necessário salvar o irmão. Saíra de casa e fora denunciá-lo à polícia.

Dois dedos

Dr. Silveira atravessou a antecâmara e aproximou-se do reposteiro. O contínuo velho barrou-lhe a passagem, quis exigir cartão de visita, mas vendo-lhe o rosto, a mão que se agitava como afastando uma coisa importuna, curvou-se, entreabriu o pano verde e foi encolher-se num vão de janela:

— Deve ser troço na política.

Dr. Silveira entrou no gabinete do governador. Entrou de coração leve, como se pisasse em terreno conhecido, os braços alongados para um abraço. Um abraço, perfeitamente. O homem que ali estava fora vizinho dele, colega de escola primária, colega de liceu, amigo íntimo, unha com carne. A mulher de dr. Silveira tinha dito:

— Visita sem jeito. Esqueça-se disso. Política!

E ele respondera:

— Que política! Eu me importo com política? É que fomos criados juntos. Assim, olhe.

Juntava o médio e o indicador da mão direita, de modo que se conservassem em posição horizontal, movia-os ligeiramente. Nenhum dos dedos ultrapassava o outro.

— Assim.

Estirava o indicador e contraía o médio, para que ficassem do mesmo tamanho. Infelizmente não tinham ficado. Um deles estudara Direito, entrara em combinações, trepara, saíra governador; o outro, mais curto, era médico de arrabalde, com diminuta clientela e sem automóvel. Por isso a mulher dissera:

— Não gosto de misturas. Visita sem jeito. Cada macaco no seu galho.

— Que galho! — retrucara dr. Silveira. Éramos dois irmãos. Estudávamos juntos, vivíamos juntos. Vou. Se não fosse, o homem havia de reparar. Um irmão.

Escovara e vestira a roupa menos batida. Isso de roupa era tolice, mas afinal fazia uma eternidade que não via o amigo, o irmão, unha com carne.

— Assim.

Tomara um automóvel. Chegara ao palácio, onde nunca havia posto os pés, atravessara o *hall,* hesitando. O gabinete do governador seria à direita ou à esquerda? Perguntas cochichadas a funcionários carrancudos.

O amigo, o irmão, havia sido reprovado em química vinte anos antes, enganchara-se no átomo. Agora dominava aquilo tudo, e o átomo era inútil.

Informado por um guarda, dr. Silveira transpusera uns metros de corredor sombrio, entrara na antecâmara, chegara-se ao reposteiro, afastara o contínuo velho, que se encolhera num vão de janela:

— Deve ser troço.

Bem. Dr. Silveira estava no gabinete, livre de incertezas e das informações daquelas caras antipáticas. Avançou dois passos, os braços estirados como para abraçar alguém, sem ver nada. Infelizmente escorregou no soalho muito lustroso e parou. Veio-lhe então a ideia de que escorregar era inconveniente. Não devia escorregar. Pisando no paralelepípedo, caminhava direito. Mas ali, na madeira envernizada, a segurança desaparecia. Cócegas nas solas dos pés, suor nas solas dos pés. Um escorrego — confissão de inferioridade.

Aprumou-se, estendeu os olhos em redor, e foi aí que notou o lugar onde se achava. No salão, fechado, o que lhe provocou a atenção foi a mesa de tamanho absurdo, entre cadeiras de altura absurda. Teve a impressão extravagante de que a mesa era maior que o salão. Nunca havia entrado em gabinetes, mas acostumara-se a julgá-los pequenos. E o salão era enorme, cercado de vidros por um lado, de livros pelo outro. Aquilo tinha aparência de biblioteca pública.

De relance percebeu uma fileira de volumes taludos, bem encadernados, e entristeceu. Devia ser um dicionário monstruoso, uma enciclopédia, qualquer coisa assim, para contos de réis. Engano: era simplesmente uma coleção do *Diário Oficial*. Mas isto produzia efeito extraordinário, e dr. Silveira imaginou ali grande soma de ciência. Deu um passo tímido no soalho, temendo escorregar de novo. Nenhuma segurança. Os braços, que se arqueavam para um abraço, caíram desajeitados ao longo do corpo meio corcunda.

Desviando-se das prateleiras onde se enfileiravam as dezenas de volumes grossos, os olhos pregaram-se no chão e assustaram-se com o brilho excessivo das tábuas. Insensatez fazer o pavimento das casas assim lustroso e escorregadio. Arriscou algumas passadas, convencido de que o observavam e censuravam. Certamente havia ali pessoas, talvez pessoas conhecidas, que ele se esquecera de cumprimentar. Notara apenas a mesa enorme, as cadeiras altas demais, as vidraças e os livros, especialmente a coleção encadernada a couro, com letras douradas nos lombos. Teve raiva da timidez que o amarrava, ergueu a cabeça e quis pisar firme. Uma criança, um matuto, encabulado.

Examinou a sala. Na extremidade da mesa, um homenzinho escrevendo. No momento em que dr. Silveira se certificava disto, a personagem soltou a pena, mostrou uns olhos empapuçados e deixou escapar um gesto de repugnância. Contrariado, sem dúvida, interrompido no trabalho maçador.

Dr. Silveira arrependeu-se de não ter ouvido o conselho da mulher. Que entendia ele de política? Devia ter ido visitar os doentes do arrabalde. Estupidez aproximar-se de figurões.

O movimento de repugnância do homem que escrevia na cabeça da mesa durara um segundo, transformara-se num sorriso de resignação. O antigo camarada tinha aquele sorriso, mas não tinha o gesto de aborrecimento nem os olhos empapuçados. Que mudança! E em pouco tempo.

Na verdade fazia pouco tempo que eles estudavam juntos no quintal de Silveira pai, debaixo das mangueiras, deitados nas folhas secas. As meninas dançavam e cantavam. Uma tia do outro vinha vigiá-los, com óculos e um romance. Não vigiava nada, mas a presença dela, dos óculos e do romance era um hábito necessário. Parecia que aquilo tinha sido na véspera. A tia idosa, com o nariz em cima do livro; as meninas dançando e cantando; eles deitados nas folhas secas, decorando os pontos.

O companheiro fora reprovado em química. Rapaz inteligente, mas perturbara-se, atrapalhara-se no átomo. Chorara, jurara vingar-se do dr. Guedes, inimigo do pai dele. Injustiça, não valia a pena estudar. Perseguição a um excelente aluno, bem-comportado, avesso a badernas. Dr. Guedes tinha feito canalhice. Para que servia o átomo a quem ia ser bacharel? Vinte anos. Em vinte anos o mundo dá muitas voltas, mas realmente parecia que aquilo acontecera na véspera.

— Como a gente muda depressa!

O antigo colega não tinha os olhos empapuçados nem o gesto de aborrecimento. Era um menino amável e risonho. Por isso ele o animara, consolara, citara exemplos de homens importantes que haviam sido reprovados. Tolice amofinar-se por causa de uma safadeza do dr. Guedes.

Vinte anos. Agora tudo era diferente. O salão enorme, a mesa enorme. Dr. Silveira estava numa extremidade da mesa e via na outra os olhos empapuçados que se fixavam nele, tranquilos. O gesto de impaciência desaparecera, o sorriso desaparecera. O que havia eram os olhos cansados que não o reconheciam. Estaria transformado a ponto de não ser reconhecido? Devia estar. A calva, a corcunda, a palidez. Era outro, certamente. Moço ainda. Mas aquela vida agarrado aos defuntos e aos doentes inutilizava um homem. Velho. Ambos velhos. A calva, a corcunda, a palidez; os olhos empapuçados, frios, indiferentes. Se encontrasse o amigo na rua, passaria distraído, com o pensamento no hospital, no necrotério, na mesa de operações. Passaria distraído, lembrando-se de uma artéria que havia sido cortada. Essas coisas tinham grande importância para ele e nada significavam para o homem que escrevia, ali a alguns metros. Que estaria escrevendo? Telegrama ao ministro do Interior, ao ministro da Agricultura. Dr. Silveira não saberia redigir telegramas a esses ministros. Podia ser que aquilo fosse apenas um cartão a chefe político da roça. Dr. Silveira não seria capaz de redigir sequer um desses cartões vagabundos.

Avançou um passo para contornar a mesa e chegar-se ao homem pelo lado direito; recuou, avançou pelo lado esquerdo — e permaneceu no mesmo lugar. Indecisão estúpida. Suor nas palmas das mãos, suor nas solas dos pés. Felizmente a mesa estava sobre um tapete e não havia o receio de escorregar. Podia aproximar-se andando com segurança, mas os olhos empapuçados, a mão esmorecida no papel, uma interrogação no rosto parado, davam-lhe vergonha e tremuras. Quis retroceder, abandonar a sala triste e silenciosa; olhou para trás, encontrou os volumes do *Diário Oficial*, terríveis, com letras douradas nos lombos de couro. Não conseguiria adquirir uma coleção assim rica, mesmo a prestações. Que fazia num salão que tinha livros tão ricos? Queria voltar, atravessar o espaço que o separava da porta, levantar o reposteiro, fugir do contínuo, do guarda, alcançar a rua. Mas ninguém entra numa sala para sair correndo como doido. Difícil escapulir-se, deixar os olhos empapuçados que tentavam reconhecê-lo. Estava cheio de constrangimento e notava que produzia constrangimento a um desconhecido perturbado no seu trabalho: telegrama ou cartão, a ministro ou a prefeito do interior. Esse trabalho estranho confundia-o. Difícil escrever o cartão ao prefeito.

Compreendeu que havia procedido mal não dando o cartão de visita ao contínuo. Cultivavam ali uma etiqueta, costumes bestas que ele ignorava e não procurara conhecer, porque do outro lado do reposteiro se achava um homem que fora para ele unha com carne. Dois dedos, assim, juntos, movendo-se no mesmo nível e quase do mesmo comprimento. A mulher não acreditara na história dos dedos e aconselhara-o a ficar em casa, de pijama, lendo revistas de medicina. Revistas, naturalmente: impossível obter volumes grossos como aqueles encadernados a couro, com letras douradas nos dorsos.

Criatura inferior. Sem dúvida, inferior. Não avançava nem recuava. Iria aproximar-se pela direita ou pela esquerda?

Os pontos do liceu eram cacetes. À noite Silveira pai interrogava-os em geografia e história, queria saber se eles aproveitavam o tempo. As meninas dançavam e cantavam, fazendo rodas. Onde estariam elas? Longe, casadas, mortas, diferentes, outras criaturas que não dançavam nem cantavam.

O antigo companheiro também era outro, um dedo amputado. Dr. Silveira desejava apenas aproximar-se, dizer algumas palavras. As palavras, estudadas, sumiam-se. Como se chegaria? Pela direita ou pela esquerda? Era melhor fugir, sair do tapete, pisar no soalho lustroso, arriscar-se a escorregar novamente. Suava. Impossível evitar os olhos que não o reconheciam.

Agora tinha medo de que o homem supusesse que ele ia chorar, pedir emprego. Não ia. Imaginava fazer o gesto de virar os bolsos pelo avesso, mostrar que não precisava mendigar os cobres mesquinhos do imposto. Vivia satisfeito. Visitava doentes pobres, trabalhava no hospital, assinava as revistas indispensáveis. Tranquilo. Não ia pedir. Nenhuma ambição, poucas necessidades. Queria abraçar o amigo, felicitá-lo, conversar uns minutos, lembrar os tempos velhos, os pontos decorados sob as mangueiras, as meninas, a senhora idosa. Não ia pedir. A roupa estava realmente safada, os sapatos cambavam. E a corcunda, a palidez, a magreza, o modo encolhido. Mas tinha os doentes do arrabalde, que só acreditavam nele, o hospital, que dava ordenado magro e trabalho excessivo, a mulher econômica. Sentiria se o privassem do hospital. Muitos casos interessantes.

Uma visita de cortesia. A roupa era de mendigo. Não tinha pensado na roupa ao sair de casa. A gola suja, a gravata enrolada como corda. Desleixado. Nunca prestava atenção à mulher, que o importunava diariamente: — "Feche esse paletó." Não fechava. E arrependia-se, ali na ponta da mesa, mostrando a camisa, que entufava na barriga.

O homem dos olhos empapuçados julgava-o um pulha, um pedinte de emprego, uma dessas criaturas que aparecem nas audiências públicas e levam cartas de recomendação. Por isso estava com o rosto parado, pronto a murmurar uma recusa seca, defendendo o osso roído. Dr. Silveira não precisava do osso. Queria conversar uns minutos, lembrar o tempo de liceu, a senhora velha que lia o romance, as meninas, os pontos, o átomo, as amolações de Silveira pai. Impossível falar sobre essas coisas. Tinham sido dois dedos, assim, mas estavam separados. Como vencer a separação, a mesa enorme que se interpunha entre eles, rodeada de cadeiras altas? Iria pela direita ou pela esquerda? Dr. Silveira afastava-se para um lado, afastava-se para outro lado, e permanecia no mesmo lugar. O homem dos olhos empapuçados não o reconhecia. Reconhecia-o. Talvez não o reconhecesse. Um antigo condiscípulo, um sujeito encontrado em qualquer parte. Amigo, certamente, desses que a gente saúda com indiferença: — "Olá! Como vai?". Procurava lembrar-se do nome de dr. Silveira. Colega de escola primária, de liceu ou de academia. Tentava recordar-se, a pena suspensa, o telegrama interrompido. Visita importuna, tempo perdido.

— Esses tipos têm as horas contadas, tantos minutos para isto, tantos para aquilo. Não se ocupam em conversas fiadas.

Negócios sérios, públicos. Dr. Silveira sentia-se amarrado, preso ao tapete, junto a uma cadeira alta que tinha uma águia sobre o espaldar. As encadernações não lhe saíam da cabeça. Muitos livros, aparência de biblioteca. Volumes grossos, com letras douradas nos lombos.

Recordações tão minguadas! A senhora velha folheando o romance, as crianças dançando e cantando, as mangueiras, os dois ouvindo as explicações de Silveira pai. Ele e aquele indivíduo que se aborrecia a alguns metros de distância, a pena suspensa, o telegrama interrompido, uma interrogação vaga nos olhos empapuçados: — "Olá! Como vai?".

Estupidez lembrar-se do passado inútil. A mulher tinha razão. Acabar depressa com aquilo, voltar ao subúrbio, vestir pijama, calçar chinelos, ler as revistas indispensáveis.

Avançou. Não sabia se avançava pela direita ou pela esquerda. Completamente atordoado. Acabar depressa com aquilo. A mulher tinha razão.

— Olá! Como vai? — perguntou o homem de olhos empapuçados.

Dr. Silveira sentou-se numa das cadeiras altas demais, começou a gaguejar. Cadeiras tão altas! Esfregou as mãos. E pediu o emprego. Uma sinecura, um gancho na Saúde Pública. Não se referiu aos acontecimentos antigos. Necessidade, pobreza, tempos duros. Esfregava as mãos encabulado, mostrando a esmeralda. Um emprego na Saúde Pública.

— Está bem — disse lentamente o homem de olhos empapuçados. — Vamos ver. Apareça.

E encostou a pena no papel, manifestou a intenção de continuar o telegrama.

A testemunha

Como a audiência ainda não tinha começado, Gouveia conversou um instante com o oficial de justiça, debruçou-se depois à varanda, olhou sem interesse aquele pedaço de rua quase deserto. Um conhecido passou lá embaixo, a *limousine* do governador virou a esquina, um relógio da vizinhança bateu dez horas. Quis chamar o conhecido, pedir uma informação, mas distraiu-se com o automóvel e com as pancadas do relógio.

— Tudo à toa, desorganizado.

Tinha recebido intimação para comparecer às dez horas. Chegara momentos antes. Apenas o oficial de justiça e um servente negro na sala suja de escarro e lixo. Porcaria, falta de ordem. Fumou um cigarro, contou os urubus que maculavam as nuvens, pensou no acontecimento desagradável em que pretendiam metê-lo. Ignorava quase tudo, certamente ia embrulhar-se.

— Ratoeira.

Voltou-se, arriscou uns passos tímidos no soalho carunchoso que o servente preto varria. Dois funcionários entraram pesados, sobraçando pastas.

— Mas que diabo tenho eu com isto? — rosnou Gouveia irritado, aventurando-se a dar uma patada nas tábuas gastas e oscilantes.

Foi encostar-se novamente à varanda, amofinado. Uma indiscrição no café — e ali estava à espera da justiça, mastigando frases do depoimento cacete que ia prestar. Queria livrar-se da chateação, entrar em casa, retomar o trabalho começado na noite da encrenca. Lembrou-se com um bocejo da hora agitada. Escrevia umas coisas que prometiam gasto de papel. De repente a mulher, perturbada, abrira a porta da saleta:

— Acho que mataram o vizinho aqui da esquerda.

Interrompera um período, alheio à novidade. Como ela se repetisse, erguera-se, chegara à janela, vira ajuntamento na calçada, um carro e a cabeça do chefe de polícia, ouvira lamentações e gritos. No dia seguinte lera o crime nos jornais.

Entreteve-se com os bondes, as carroças e os letreiros dos anúncios, mas o pensamento fixou-se no livro comprado na véspera. Se soubesse que ia aguentar semelhante maçada, teria trazido o volume, estaria lendo, riscando as folhas a lápis.

— Estupidez.

Afastou o depoimento que se esboçava, quase todo baseado em noticiários, porque realmente só percebera a multidão, barulho, um carro e a frontaria do chefe de polícia. Fumou outros cigarros. Sim senhor, ali à disposição da justiça, igual a um preso. Tentou marchar com segurança no soalho antigo e bichado, que balançava como um navio. Ouviu passos na escada, parou, cumprimentou o juiz de direito, o promotor e alguns advogados. Mas não se aproximou do dr. Pinheiro, um inimigo. Sem motivo, dr. Pinheiro começara a torcer-lhe o focinho. Prejuízo pequeno, um caranguejo morto. Dr. Pinheiro era um caranguejo. Tinham ido contar-lhe mentiras, provavelmente, envenená-lo contra uma pessoa que não lhe fizera mal.

O juiz consultou o relógio, sentaram-se todos em redor da grande mesa poeirenta, uma escolta chegou com dois acusados e a audiência foi aberta. Gouveia, disposto a falar pouco, para não cair em contradições e não perder o almoço, pressentiu que o interrogatório ia estirar-se. Logo no princípio houve uma série de formalidades agourentas: os advogados folheavam autos e rabiscavam notas, o escrivão batia no teclado da máquina. Gouveia estranhava o cerimonial, remoía o depoimento e enxergava nele pontos fracos. O que vira nos jornais não combinava com as observações da mulher, havia na história incongruências e passagens obscuras. Quebrava a cabeça procurando harmonizar as duas versões; como isto não era possível, resolveu sapecar uma delas.

Doeu-lhe a consciência. E o julgamento? Sossegou. Teatro, palhaçada, tudo palhaçada. Besteira amolar-se, diria meia dúzia de palavras inúteis, o julgamento não ganharia nem perderia nada.

Começou o negócio. O fura-bolo e o mata-piolho de dr. Pinheiro deram no ar um piparote, reduziram Gouveia à condição de inseto, quiseram derrubá-lo da cadeira onde ele se acomodava mal, ora numa nádega, ora noutra. O inseto levantou os ombros, indignado. (Provocação tola: dr. Pinheiro era um caranguejo.) Torceu a cara, fungou, lá foi escorrendo que se chamava Gouveia, trabalhava na imprensa, tinha trinta anos, sabia ler e escrever. As perguntas desnecessárias constrangiam-no, amesquinhavam-no. Atrapalhava-se e tinha cócegas na garganta, desejo de rir.

Falavam-lhe do crime agora, mas com palavras antigas, algumas evidentemente mal-empregadas, outras de significação desconhecida. Hesitou, e o juiz recomendou-lhe tento. Assustou-se, resolveu bridar a língua. Provavelmente dissera *não* quando era preciso dizer *sim*, e por isso lhe avivavam a atenção.

Bem. O promotor se remexia, um sujeito razoável que bocejou perguntas fáceis e passou Gouveia às unhas dos advogados. O primeiro tossiu, grunhiu, mostrou as gengivas num sorriso piedoso e se declarou satisfeito. O segundo usou várias expressões pedantes. E Gouveia se atordoou, teve a impressão de que o achatavam, machucavam numa prensa. Acuado entre o sorriso do primeiro bacharel e o pedantismo do segundo, julgou-se um idiota, meteu os pés pelas mãos, disparatou, comendo frases, indiferente ao juiz, que se arreliava e coçava o queixo.

Aí dr. Pinheiro entrou na dança: o volume dele aumentou, o peito começou a inchar, inchar, um papo de peru, um fole que engrossava, recolhendo ar suficiente para discursos. Dr. Pinheiro ficou assim um minuto, engolindo vento, direitinho um cameleão. Em seguida a voz rolou sonora, gorgolejada, cheia de adjetivos compridos. Era apenas uma pergunta, mas tão enfeitada que se perdia, como essas cruzes de beira de estrada, invisíveis sob fitas e flores de papel. Gouveia sentiu um choque e vergou o cachaço; depois se aprumou com lentidão, examinou os circunstantes, convencido de que ia ver surpresa nos rostos. Como todos se conservassem tranquilos, julgou ter ouvido mal, encolheu-se e esperou a repetição da pergunta. Quando esta veio, enfática e ondulosa, experimentou vivo constrangimento. Ia jurar que lhe tinham dito uma porção de asneiras, mas as carrancas sérias desnortearam-no. Achou-as duras como pau, sentiu um arrepio e deu para tremer. Ouvira duas vezes as mesmas frases, vira uns cabelos derramados, um papo enorme — e não compreendera nada, ali estava simulando atenção, procurando nas caras, no teto, nos móveis, no forro da mesa, alguma ideia. Certificou-se de que em roda o achavam imbecil, teve um medo terrível do advogado, viu-o sob a forma de animal feroz, bicho primitivo, qualquer coisa semelhante a um caranguejo monstruoso. Tentou arrumar evasivas, períodos vagos, mas a voz esmoreceu — e foi para ele que todos olharam espantados. Isto aperreou-o. Escutavam naturalmente dr. Pinheiro e admiravam-se porque ele Gouveia se calava. Teve um rompante interior. Selvagens, cambada de brutos. Não ligava importância a nenhum. Viu que as pálpebras moles do escrivão se cerravam e os dedos amarelos descansavam no teclado da máquina.

— Posso fumar?

Obteve permissão, remexeu os bolsos, procurando cigarros. Bem. Agora fumava, pensando no livro comprado na véspera e em animais primitivos. Através da nuvem de fumaça, a figura de dr. Pinheiro crescia e arredondava-se. Provavelmente tinham vivido em épocas remotas caranguejos medonhos de cores venenosas.

Nesse ponto o caranguejo levantou a pata e largou a pergunta pela terceira vez.

— Perfeitamente — balbuciou Gouveia.

E despejou uma resposta ambígua, que o juiz complicou dando-lhe redação extraordinária.

— Não é precisamente isso — murmurou Gouveia.

Insinuou uma alteração, que se fez, mas completamente deturpada.

— Oh!

Quis protestar, faltou-lhe coragem. Aquele procedimento parecia-lhe irregular e perigoso. Falava como toda a gente, mas o juiz lhe traduzia a prosa vulgar numa linguagem arcaica, pomposa e errada. O interrogatório se prolongou, arrastado, rancoroso — e Gouveia, esforçando-se por diminuir aquele desastre, cada vez mais se enterrava. Tinha as mãos úmidas e as orelhas pegando fogo, a vista escurecia, um nevoeiro ocultava as figuras. Perdia o fôlego, estava se afogando, mexia-se com desespero. Sabia que tudo era inútil, que as declarações se modificavam, se redigiam em língua desconhecida, mas tinha escorregado e não podia deter-se. Um boneco nas mãos de dr. Pinheiro.

Animou-se, zangou-se, afirmou que aquilo era emboscada. Odiou o bacharel, desejou arranhar-lhe a cara. Acendeu outro cigarro, encheu os pulmões, temeu soltar uma praga. Sabia lá nada? Tinha lido os jornais e ouvido algumas frases da mulher. Safadeza virem perguntar-lhe como procediam os indivíduos que ali estavam, um homem gordo bem-vestido, provavelmente rico, e um preto com aparência de macaco. Procurou estabelecer relação entre os dois, mas a linha com que os cosia de instante a instante se quebrava, e as peças aproximavam-se, afastavam-se. Pensou em cemitérios e em fogos-fátuos.

Refletiu naquela associação. O homem gordo com certeza tinha casa grande e automóvel; o preto dormia debaixo das pontes, passava dias em jejum. Examinou-os, curioso. Por que se haviam lembrado de chamá-lo para depor? Involuntariamente observava as duas caras fechadas, dr. Pinheiro empurrava-lhe para dentro da cabeça aqueles seres de outro mundo, confusos e vazios. O homem gordo franzia a testa, apertava os cantos da boca pálida; o negro pendurava o beiço grosso, parecia mastigar qualquer coisa e encarquilhava as pálpebras. Tipos diferentes, de profissões diferentes: operações comerciais ou procura de objetos nos monturos. Um encontro na vida, uma topada num cadáver — depois se haviam apartado, cada qual seguia o seu caminho.

Gouveia passeava os bugalhos pelas cadeiras, gaguejava sons que rolavam na máquina de escrever, pensava na reportagem dos jornais, em certos pormenores do crime repetidos com insistência. Isto lhe dava a impressão de que alguns pedaços dos acusados se iluminavam fortemente e o resto ficava na sombra. Desviava-se dos pontos claros, tentava descobrir o que havia nas manchas escuras. Quarenta anos atrás o homem gordo vestia uma roupa de veludo, ia à escola seguido pela criada, aos domingos brincava nos jardins públicos, espiava os canteiros, as águas, as árvores. Caminhando, acertava o passo, como um cavalo. E se se aproximava de um moleque de beiço caído, mamãe repreendia-o, afastava-o para ele não se contaminar nem sujar a roupa. Um dia apanhava doença grave, que fazia papai fraquejar, roer as unhas, rezar escondido e adular o médico, temendo a conta das visitas. Aprumava-se, ia para cima, endurecia, era aprovado no liceu, frequentava pensões de mulheres, tomava pileques, escolhia meio de vida honesto, casava. Longe, um negro cambaio e beiçudo curtia fome, dormia no chão, furtava bagatelas e levava recados às prostitutas. Quando se avizinhava do homem gordo, encolhia-se e resmungava um palavrão.

— Como diabo se juntaram eles?

O juiz cochilava, os advogados entorpecidos no calor bocejavam, o promotor riscava o mata-borrão, o tique-taque da máquina enfraquecia.

— Naturalmente — disse Gouveia.

— Naturalmente — bateram no teclado os dedos moles.

Essa resposta a uma pergunta não ouvida saiu direita: dr. Pinheiro sobressaltou-se e o promotor fez um gesto de aprovação. Gouveia se distanciava dali. A mulher percebera gritos na casa vizinha, gente se comprimira na calçada, um automóvel roncara e a careca do chefe de polícia aparecera. O sangue do homem assassinado formava um riachinho que desaguava na sarjeta, a multidão assanhada zumbia, o carro do chefe de polícia buzinava, um negro de pernas tortas e beiço caído passava entre soldados. Tudo isso estava nos autos, mas era como história velha, truncada, escrita em língua morta. Os períodos arrastavam-se, frios e mastigados. Um crime vago, criaturas indefinidas, incompletas, ali paradas em torno da mesa. Provavelmente iam separar-se. O homem gordo seria absolvido e receberia telegramas de felicitações. Naturalmente. Ensinaria boas maneiras aos filhos, brigaria com a mulher, sustentaria uma rapariga bonita, comentaria os jornais, seguro. Naturalmente. O preto seria condenado a alguns anos de prisão — e o advogado não apelaria.

— Trabalho perdido.

A máquina calou-se, dobraram-se as pastas, o juiz levantou-se. Gouveia espreguiçou-se, agarrou o chapéu, esgueirou-se para a escada sem se despedir e chegou à rua. Um transeunte pisou-lhe um calo. Bem. Estava livre das mentiras e das ciladas.

Procurou um relógio. Quatro horas. Tempo perdido. Até quatro da tarde sem almoçar. Estava besta, cansado, falando alto. Dr. Pinheiro, que tinha sido caranguejo, virava jiboia, apertava-o nos anéis fofos, puxava-o para um lado e para outro, enroscava-se na sombra, bicho frio e elástico. Gouveia arrepiava-se, engulhava, desconjuntava-se. Parecia-lhe que ainda marchava sobre as tábuas carunchosas e oscilantes, desejava que lhe pisassem novamente os pés com força.

— Perdão, perdão.

— Ora essa! Não tem de quê.

Dentro de poucos meses o homem gordo caminharia assim na calçada, vermelho, suando, machucando os calos dos transeuntes. Pesado, batendo na pedra a sola do sapato, ocupando espaço excessivo, cumprimentaria de leve dr. Pinheiro — e dr. Pinheiro atravessaria a rua para apertar-lhe a mão. O preto amacacado, num cubículo sujo, comeria boia nojenta, mofaria muitos anos na esteira esfarrapada cheia de percevejos. O capelão da cadeia lhe ensinaria rezas e tentaria com paciência salvar-lhe a alma.

— Naturalmente.

Quatro horas. Gouveia encaminhou-se a um restaurante. Dia perdido. Alargou o passo.

— Dentro de alguns anos...

Interrompeu-se, agora precisava comer. O sol queimava-lhe as costas, a sala escura de soalho roído estava distante, aqueles tipos esquisitos desmaiavam, inconsistentes. Lembrou-se da inglesa do sobrado, dos lindos olhos da inglesa, do vaso de flores da inglesa. Pensou em seu Fernandes, que todas as manhãs lhe pedia o jornal emprestado, funcionário miúdo, esperantista, inimigo do governo. Havia também a compra de uns móveis, transação várias vezes adiada porque os dinheiros eram escassos.

Andava de cabeça baixa, o espinhaço curvo. De repente esbarrou e aprumou-se diante de um homem gordo, vermelho, de ruga na testa e pregas nos cantos da boca. A amolação da audiência entrou-lhe no espírito — o tique-taque da máquina, o chiar dos papéis, as frases antiquadas, os cochilos, o caranguejo enorme levantando a pata enorme. Empalideceu e encostou-se a um muro, tremendo, o coração aos baques e o estômago embrulhado.

Ciúmes

No dia em que d. Zulmira soube que o marido se entendia com uma criatura do Mangue foi uma aperreação. A princípio não quis acreditar e exigiu provas, depois teve dúvidas, ficou meio convencida, levantou-se da mesa antes do café e dirigiu à informante um olhar assassino. Entrou no quarto com uma rabanada, rasgou a saia no ferrolho da porta e aplicou duas chineladas no pequeno Moacir, que, sossegado num canto, manejava bonecas:

— Toma, safadinho, molengo. Tu és fêmea para andares com bonecas? Marica.

O pequeno Moacir entalou-se, indignado, e saiu jurando vingar-se. A primeira ideia que lhe veio foi derramar querosene na roupa da cama e riscar um fósforo em cima. Refletindo, achou o projeto irrealizável, porque na casa não havia querosene, e resolveu contar ao pai que tinha visto a mãe conversar na praia com um rapaz.

Nesse ponto d. Zulmira sacudia furiosamente as gavetas, procurando papéis e cheirando panos.

— Não quebre tudo não — disse a hospedeira do outro lado da porta.

D. Zulmira considerou que os móveis eram alheios, baixou a pancada e findou a investigação com menos barulho. Não encontrando sinais comprometedores, deixou cartas e camisas misturadas sobre a mesa, encostou-se à janela e pôs-se a olhar o jardim, dando ligeiras patadas nervosas no soalho.

— Venha tomar café — gritou da sala de jantar a proprietária da pensão.

D. Zulmira resmungou baixinho uma praga bastante cabeluda. Aborrecia palavrões na linguagem escrita. Ainda na véspera, diante de amigas, condenara severamente um romance moderno cheio de obscenidades. Mas gostava de rosnar essas expressões enérgicas. Às vezes, em momentos de abandono completo, chegava a utilizá-las em voz alta — e isto lhe dava enorme prazer. A palavra indecente pronunciada para não ser ouvida trouxe-lhe ao espírito a recordação de cenas íntimas, que afastou irada, agitando a cabeça e batendo mais fortemente com o calcanhar na tábua. Tinha duas pequenas rugas verticais entre as sobrancelhas, os cantos da boca repuxados, excessivamente amarelos os pontos do rosto onde não havia tinta.

No meio da zanga, operava-se no interior de d. Zulmira uma tremenda confusão. O que mais a incomodava eram os brinquedos do pequeno Moacir. Retirou-se da janela e entrou a passear no quarto, atirando grandes pernadas em várias direções. Como numa das viagens encontrasse o caminho obstruído pelas bonecas, espalhou-as com um pontapé:

— Manca, moleirão.

Olhou a fotografia do menino e começou a distinguir no rostinho bochechudo as feições do pai. Lembrou-se do noivado chocho, do enjoo na gestação, do parto difícil. Sentia-se gravemente ofendida pelos dois. Soltou um longo suspiro, voltou a fotografia para a parede e cravou os olhos no chão. As bonecas tinham se escondido debaixo dos móveis, o que havia no soalho eram algumas camisas, lenços e cartas. O coração de d. Zulmira engrossou muito, cheio de veneno, e o bicho que o mordia tinha a princípio a figura do pequeno Moacir, tornou-se depois um ente hermafrodita, com pedaços de homem e pedaços de mulher do Mangue.

— Ai, ai.

Novo suspiro elevou o seio volumoso de d. Zulmira, obrigou-a a desapertar o vestido.

— Ai, ai.

O ser hermafrodita evaporou-se, e ela enxergou o sujeito barbudo e chato com quem vivia. Como se julgava muito superior ao companheiro, sentia-se humilhada ao descobrir que semelhante indivíduo a enganava. Não sabia direito por que era superior, mas era, sempre se imaginara superior, sem análises.

Pensou em namorados antigos, em alguns recentes. Se um deles fizesse aquilo, bem, estava certo. Mas o homem barbudo sempre fora inofensivo.

Ela se divertia em experimentá-lo praticando leviandades. O marido não se alterava: comia com o rosto em cima do prato, andava de cabeça baixa, tranquilo, sem opinião.

Feitas essas ligeiras sondagens, d. Zulmira recolhia-se, prudente e honesta. Pecava muito por pensamento, e por palavras também, mas os seus atos maus eram insignificâncias, nem valia a pena recordá-los. Avançava um pouco, depois ia recuando, refreava os desejos que tinha de descarrilar. Às vezes perdia o sono, entrava pela noite fantasiando ruindades. O marido acordava, via-a de olho arregalado, como um gato:

— Durma, filha de Deus.

E adormecia. Ela virava-se na cama, tapava as orelhas, para que os roncos e a cara cabeluda não lhe estragassem o sonho. Coitado. Tão gordo, tão inútil! Findos os devaneios complicados, d. Zulmira entrava nos eixos, tornava-se a melhor das esposas e, com um vago desprezo a que se juntava algum remorso, enternecia-se por aquela gordura e aquela inutilidade.

Ora, a notícia de que a inutilidade e a gordura se haviam transferido para junto de uma criatura do Mangue trouxe desarranjo muito sério a d. Zulmira. Presumia-se em segurança, tão segura que, ouvindo falar em maridos infiéis, encolhia os ombros, sorrindo:

— Todos eles são assim. Não se tira um.

Tirava-se o dela, naturalmente, e, inteirando-se da história desgraçada, percebeu que neste mundo só há safadeza e ingratidão. O sujeito barbudo tinha subido muito — e a superioridade que a inchava ia minguando.

Olhou-se ao espelho do guarda-vestidos, viu-se miúda e cercada de um nevoeiro. Enxugou os olhos, observou os dentes e os cabelos, corrigiu as duas rugas da testa, as pregas dos cantos da boca. Achou-se vítima de traição e injustiça, o coração continuou a engrossar. Precisou alargar mais o vestido.

Aí uma ideia lhe apareceu. Foi à porta, trancou-se a chave, voltou para diante do espelho e começou a despir-se lentamente, examinando os seios, a pele que se amarelava, as dobras do ventre. Pouco satisfeita com o exame, vestiu um roupão e foi sentar-se na cama. Enrolando os dedos curtos na franja da colcha, durante alguns minutos transformou-se numa criancinha. Toda a cólera havia desaparecido.

Inventariou os defeitos do marido, um monstro. Gostou do nome e repetiu-o, convenceu-se de que realmente vivia com um monstro e era muito infeliz.

Pôs-se a choramigar, cultivando aquela dor que se tinha suavizado e era quase prazer. Os soluços espaçaram-se, o diafragma entrou a funcionar regularmente. De longe em longe um suspiro comprido esvaziava-lhe os pulmões. O choro manso corria-lhe pelo rosto e desmanchava a pintura.

Ergueu-se, dirigiu-se de novo ao espelho, achou-se feia e lambuzada. Foi ao lavatório, abriu a torneira, lavou a cara, ficou muito tempo enxugando-se. Em seguida regressou à cama, onde se acomodou para sofrer mais. O choro não voltou, agora os suspiros obedeciam aos desejos dela e tinham pouca significação. Isto lhe causou certo desapontamento. Afirmou que o encontro do marido com a mulher do Mangue era fato ordinário.

— Todos eles são assim. Não se tira um.

Alarmou-se por se ter conformado tão depressa. Quis reproduzir o desespero, os soluços, articulou baixinho o palavrão indecente com que tinha começado o espalhafato, mas isto não trouxe o efeito desejado.

O que sentiu foi uma estranha languidez. As pálpebras cerraram-se, o corpo morrinhento resvalou, a cabeça encostou-se no travesseiro, a mão curta insinuou-se no decote e experimentou a quentura do peito. Declarou a si mesma que era uma pessoa incompreendida. Não era bem o que tencionava exprimir, mas possuía vocabulário reduzido, e a palavrinha familiar, vista em poesias de moças, servia-lhe perfeitamente.

Incompreendida. Sem fazer exame de consciência, achou-se pura, até pura demais. Esta convicção lhe deu grande paz, que foi substituída por um vago mal-estar, a impressão de se ter resguardado sem proveito.

Chegara ao quarto como um gato zangado, agora se estirava como um gato em repouso. Vivera alguns anos assim gata, bem domesticada, arranhando pouco, miando pouco, entregue aos seus deveres de bicho caseiro.

Olhou com desconsolo as patas macias e as garras vermelhas, bem aparadas. Sentiu novo aperto no coração, o diafragma contraiu-se, um bolo subiu-lhe à garganta e outros soluços rebentaram. Enganada por um tipo ordinário, a quem se juntara sem entusiasmo. Tentou ver as garras bonitas, manchas róseas quase invisíveis. Através das lágrimas, as patas macias deformavam-se, achatavam-se.

Estirou os braços, com vontade de rasgar panos. Não queria ser um animalzinho bem ensinado, comer, engordar, consertar meias, dormir, pentear os cachos do pequeno Moacir. Achou o quarto vazio e estreito, desejou sair, livrar-se daquilo. A lembrança do homem gordo e da mulher do Mangue era insuportável.

Infelizmente d. Zulmira se tinha habituado a um grande número de amolações e receava não poder viver sem elas. Declarou mais uma vez que sempre havia procedido corretamente. Aumentou a falta do marido, julgou-o criminoso e porco. Assentou-lhe adjetivos ásperos e fechou os olhos, planeando uma vingança muito agradável. O homem barbudo sumiu-se. Os soluços de d. Zulmira decresceram, os suspiros encurtaram-se, agitaram-lhe docemente as asas do nariz.

E, metida num sonho cheio de realidade, d. Zulmira pecou por pensamento, pecou em demasia por pensamento.

Um pobre-diabo

Estendeu a mão ao deputado governista e balbuciou algumas palavras confusas, de que ele mesmo ignorava a significação. O gesto era contrafeito: enquanto o braço avançava timidamente, o resto do corpo se retraía, parecia querer recuar para além da parede. Correu a vista pelos quadros ali pendurados, deteve-se numa paisagem verde e azul, bastante desenxabida. Teve a impressão de que, se continuasse a encolher-se, iria achatar-se como a paisagem — coqueiros verdes e céu azul. A voz era uma espécie de ronco inexpressivo.

— Homem das cavernas — monologou. — Criatura paleolítica. Homem das cavernas, sem dúvida.

Mas, em vez de dizer qualquer coisa que melhorasse a sua triste situação, pensou nos trogloditas e, como se achava perturbado, confundiu-os com a multidão que fervilhava lá embaixo, na rua. Avizinhou-se da janela. As pessoas que rolavam nos automóveis apareceram-lhe armadas e ferozes, cobertas de peles cabeludas. Olhou com desgosto a mão que tinha apertado a mão do político influente. Comprida, fina, inútil.

A chaminé da fábrica elevava-se a distância. Anúncios verdes, vermelhos, acendiam-se e apagavam-se. O letreiro de um jornal reluzia em frente, num quinto andar. Àquela hora o elevador enchia-se, tipos suados, de roupas frouxas, entravam e saíam. Os ônibus e os bondes moviam-se devagar, como formigas, e a carga deles aumentava ou diminuía nos postes, uma parte esgueirava-se na sombra — linhas insignificantes dentro da noite.

— Criatura paleolítica. Mãos compridas, finas, inúteis.

Esta incoerência irritou-o. Desejou afastar-se, atravessar a porta, entrar no corredor, virar à esquerda, tocar um botão, descer, ziguezaguear à toa pela cidade, traço insignificante.

Chegou-se à mesa. Ouvia desatento a voz sonora do político, sentia nela estranho poder, achava natural que na câmara as galerias se excitassem e batessem palmas escutando-a. Notava apenas que ela o jogava para direções contrárias: a porta meio cerrada e a parede onde se penduravam os coqueiros verdes e o céu azul.

Pensou no jogo de bilhar. Massé? Era, devia ser massé. A bola avançava, mas recuava antes de alcançar a tabela ou outra bola. Jogo difícil. Massé? Tinha ouvido a palavra. Ouvido ou lido, não sabia direito. Bola de bilhar. Isto. Bola de bilhar não tem memória.

Em todo o caso o deputado governista era um bom jogador. Via-lhe a mão curta e gorda, bem tratada, muito branca, e lembrava-se dos artigos e dos livros que ela havia redigido. Imaginou-a mexendo-se no papel com segurança, compondo uma prosa gorda, curta e branca, prosa que lhe dava sempre a ideia de toicinho cru. Detestava aquilo, desprezava o autor, um pedante, homem de frases arrumadas com aparato. Lendo-o, sentia-se duplamente roubado. Em primeiro lugar perdia tempo. E como levava uma vida ruim, gastando solas sem proveito em viagens às repartições, achava injustiça a ascensão do outro. Injustiça, evidentemente. Um roubo.

A amargura e o veneno desapareciam. Apertava as mãos úmidas, tentava dominar a carne bamba, que pesava demais, queria despregar-se dos ossos. Se ao menos tivesse uma cadeira para se sentar, a atrapalhação ficaria reduzida. Recostar-se-ia, cruzaria as pernas, balançaria a cabeça aprovando, naturalmente. Pareceria um sujeito educado. Mas assim de pé não se aguentava: ora caía para um lado, ora caía para outro, escorava-se à mesa, não podia resistir ao desejo de subir nela. As nádegas encostavam-se à tábua, pouco a pouco iam ganhando terreno, firmavam-se, uma perna se levantava, balançava.

O político influente passeava sem se fatigar. Dava três passos, parava, voltava-se, dava três passos novamente, tornava a parar, e assim por diante. Máquina bem construída, nenhuma peça prejudicava a função das outras. E falava. Quando se detinha, a mão curta e gorda movia-se traçando vagamente no ar a figura de um vaso, um vaso bojudo que encerrava o discurso.

Que dizia o deputado? Não podia compreender, mas deviam ser coisas graves e corretas, diferentes daquela prosa escrita, gorda e mole. Encolheu-se cheio de respeito, vencido pelo som e pelo gesto conveniente.

Em casa, de pijama e chinelos, em frente do livro ou do jornal, ser-lhe-ia fácil discutir e indignar-se, catar minudências, concluir que estava sendo roubado. Soltaria o papel, acenderia o cigarro, deitar-se-ia na cama. Depois retomaria com rancor o livro ou o jornal, torceria o nariz a um defeito qualquer, e o defeito se alastraria na página inteira como nódoa. Diria injúrias mentalmente ao deputado, comparar-se-ia a ele, queixar-se-ia da sorte.

Agora estava distraído e incapaz de julgar. As palavras do orador perdiam-se, confusas. O que havia era o gesto, o gesto que desenhava no ar figuras bojudas. Teve a impressão extravagante de que a sala se enchia de panelas. Isto lhe causava sério transtorno, porque, andando com firmeza no soalho bem envernizado, o político havia crescido muito. Sumira-se o escritor medíocre. Um sujeito respeitável movia-se com aprumo e dignidade. Os olhos duros e cinzentos contrastavam com a voz suave; a queixada larga avançava, agressiva, armada de fortes dentes amarelos; os cantos da boca pregueavam-se ligeiramente; o rosto vermelho tomava a aparência de uma cara de gato.

Sentiu medo. Quis afastar-se — e percebeu que estava sentado na mesa, diante do orador governista, que se conservava de pé. Escorregou para o chão, envergonhado.

Recordou-se da situação difícil em que se tinha achado muitos anos antes, ao descer de um bonde. Correra perigo imenso, e ainda se arrepiava ao passar por aquela amaldiçoada esquina. Desenroscara-se do banco, pisara no estribo, saltara no asfalto, dera dois passos para a calçada de uma drogaria, onde caixões e um poste pintado de branco fechavam o caminho. Um buzinar de automóvel, à direita, esfriara-lhe o sangue. À esquerda uma carroça de leiteiro ia passar em frente ao bonde parado. Os três veículos combinavam-se perfeitamente: o bonde continuaria a viagem depois da passagem da carroça; o automóvel, sem diminuir a marcha, formaria com a parte traseira dela um ângulo reto. Fora meter-se ali, no espaço minguado. Mexia-se desordenadamente e não conseguia orientar-se. Num segundo revolvera na cabeça muitas coisas desencontradas: cenas da infância, a escola, o professor ranzinza, empregos ordinários, dias de fome, o pigarro antipático da mulher da pensão. A morte buzinava, empurrava-o para todos os lados, fazia-o dançar no asfalto como uma barata doida. Se retrocedesse, não alcançaria o estribo do carro. Com um salto poderia chegar à calçada, mas os caixões cresciam, oscilavam, ameaçavam cair, esmagá-lo antes que o automóvel o tocasse. O poste oscilava, as casas em redor oscilavam, os andares altos da drogaria queriam desabar e obstruir a rua. Apenas o bonde se imobilizara. A carroça de leiteiro movia-se no mesmo lugar, o automóvel rodava uma eternidade sem adiantar-se. Fugira-lhe a consciência. Ia tropeçar, tombar, esquecer as casas, os veículos e as pessoas. Acordara abraçado ao poste, achatando-se como uma lagartixa, forcejando por livrar-se de um objeto áspero que lhe roçava as costas. Pisara a calçada, apoiara-se a um caixão, desmaiado e quase idiota.

A angústia que experimentara naquele dia voltava-lhe agora, ao descer desajeitadamente da mesa. Avançou atordoado no soalho, ouviu passos à direita, temeu recuar, pareceu-lhe que o político ia transformá-lo numa pasta vermelha. Não ousou virar-se para a esquerda, onde qualquer coisa devia fechar-lhe o caminho. Ficou ali de pé, sentindo vagamente que, se conseguisse andar dois metros, evitaria um desastre.

Deu algumas pernadas e encostou-se à parede, respirando a custo. Bem. Estava em segurança. Afirmou que estava em segurança, e a ideia do perigo sumiu-se completamente. A presença do orador governista já não lhe inspirava temor: o que lhe causava era admiração, respeito supersticioso. O olho duro e cinzento continuava a fixar-se nele como um olho de cobra.

— Em segurança.

Apesar de se ter dissipado o pavor que o agarrara ao afastar-se da mesa, não se resolveria a abandonar o refúgio conquistado junto à parede, ao pé da janela.

Quis ver a rua novamente. Se voltasse o rosto, avistaria a chaminé da fábrica, o arranha-céu que tinha uma redação no quinto andar. O elevador subia e descia, repórteres apressados entravam e saíam.

Não se voltou: uma grande preguiça amarrava-o, dava-lhe jeito de estátua.

— Estátua muito mal-arranjada — pensou.

E sorriu, descobrindo que não perdera o discernimento. Tentou aparentar desembaraço, falar. A voz rouca, metálica, fanhosa, escapou-lhe como um grunhido.

Aquela voz horrível sempre lhe causara prejuízos. Conhecendo as desvantagens que ela produzia, calava-se diante de pessoas estranhas, manifestava-se por meio de caretas.

Não sabia precisamente o que dizia naquele instante. Repetiu as últimas palavras do deputado e logo se conteve. O som desagradável trouxe-lhe a ideia de serras chiando em madeira dura.

Talvez a repetição fosse inconveniente ou viesse retardada, fora de propósito. Fazia com efeito um minuto que o orador andava em silêncio, certamente esperando que ele se despedisse. A mão deixara de agitar-se acariciando a frase redonda, as figuras bojudas como panelas tinham desaparecido.

Bem. Achou que a personagem diminuíra um pouco, tomara proporções quase vulgares. A pupila dura espetava-o, mas o discurso findara — e evidentemente existia redução.

Precisava sair dali, percorrer as avenidas, entrar nos cafés, abalroar os transeuntes, escutar pedaços de conversas, desviar-se dos carros, ver miudinhos os tipos imponentes e dominadores. Aquela entrevista, que lhe havia colado no espírito algumas esperanças, acabava mal. Nem o pedido, laboriosamente preparado, conseguira formular. As esperanças pouco a pouco se desgrudavam — e ele esmorecia, como uma grande ave depenada.

Um arrepio atravessou-lhe a coxa, subiu o tronco e foi morrer nos músculos do pescoço, entortando-lhe o rosto e livrando-o dos olhos maus do orador governista. Examinou com atenção distante a moldura dourada que cercava os coqueiros verdes e o céu azul. Novo arrepio. Uma grande ave depenada e friorenta.

Lembrou-se de outra moldura que lhe havia caído, anos atrás, em cima da cabeça. Escrevia com dificuldade, folheando o dicionário; o quadro pesado se despregara e lhe partira o couro cabeludo.

Desviou-se precipitadamente, levantou o braço para se defender. O político influente interpretou mal o gesto e estendeu-lhe a mão:

— Adeus.

— Muito obrigado, doutor — respondeu sem refletir.

O resto se perdeu num murmúrio. Deu uns passos vacilantes na madeira envernizada e escorregadia, retirou-se tonto, sentindo na cabeça a pancada que lhe tinha rachado o couro cabeludo, anos atrás.

Ao cerrar a porta, respirou com alívio. Meteu-se num corredor escuro, dobrou esquinas, parou, apertou um botão, acendeu um cigarro, pensou nos telegramas estrangeiros lidos pela manhã. Penetrando no elevador, mastigava o cigarro, nervoso. À medida que descia tranquilizava-se. E ao pisar na calçada, criticava livros, mentalmente. A literatura do político era com efeito ridícula.

Remoeu as coisas desparafusadas que ele escrevera. Malucas, absolutamente malucas.

Roeu as unhas com fúria e multiplicou o deputado:

— Cretinos.

Uma visita

O diretor da revista, o romancista novo e a cantora de rádio saíram do automóvel, atravessaram a cancela, penetraram na quinta, onde bichos invisíveis acordaram com o rumor dos passos na areia. Chegaram-se à casa. O escritor decadente recebeu-os à entrada, cheio de sorrisos. Só conhecia o diretor da revista, mas baralhou as apresentações, multiplicou os abraços e bateu castanholas com os dedos para demonstrar que eram todos amigos velhos.

Entraram. Os visitantes não sabiam direito que tinham ido fazer. O diretor da revista recebera o convite e levara no carro dois companheiros disponíveis. Na sala encontraram um velho bicudo e um rapaz zarolho, que, logo nas primeiras palavras, se manifestaram torcedores do escritor decadente.

Iniciou-se uma conversa ambígua, em que as seis pessoas, desorientadas, cantavam loas umas às outras. O velho bicudo xingou de poetisa a cantora de rádio e o romancista novo foi considerado jornalista. Sentaram-se.

Uma pretinha de olho vivo trouxe uma bandeja de café, o escritor decadente distribuiu as xícaras — e pouco a pouco se tornou claro o fim da reunião. A princípio houve frases vagas, equívocos, depois a ameaça definiu-se e o papel datilografado surgiu de repente em cima da mesa.

A pretinha de olho vivo retirou a bandeja. O velho bicudo e o rapaz zarolho aproximaram as cadeiras. O romancista novo, o diretor da revista e a cantora de rádio, inquietos, consultaram o relógio, que marcava dez horas por cima da cabeça do dono da casa, e pediram a Deus um trabalho pequeno ou longo demais, tão longo que não pudesse ler-se numa noite. Avaliaram o número de páginas, verificaram se as linhas estavam espaçadas e desanimaram: a obra inédita não era curta nem comprida. E a leitura principiou, fanhosa, encatarroada, com um pigarro que findava em assobio encerrando os períodos extensos.

— Bonito — exclamou o velho bicudo.

Como o aplauso era inoportuno, o escritor decadente fez uma pausa e atentou no velho com severidade. A pupila certa do zarolho aprovou o dono da casa, a outra fixou-se na porta e mostrou aborrecimento profundo.

— Isto merece explicação — murmurou a voz fanhosa adoçando-se.

— Perfeitamente — concordou o diretor da revista.

Mas não ligou importância à explicação: examinou os móveis antigos e a cabeça do escritor decadente, uma cabeça esquisita, com jeito de pão de açúcar, rodeada de cabelos brancos, pelada no cocuruto, semelhante a uma coroa de frade.

Que haveria nos papéis? Então aquele homem não tinha experiência, não compreendia que uma leitura assim era inútil, ninguém prestava atenção ao que ele dizia? Calculou o espaço que as folhas poderiam tomar na revista ou no suplemento semanal de um jornal grande. Seria melhor que o homem tivesse feito artigos. Claro. Artigos de cem ou duzentos mil-réis. Talvez menos, provavelmente menos de cem.

— Ótimo — bradou percebendo um assobio mais forte que rematava capítulo.

E imediatamente pensou na tiragem da revista, procurou descobrir o motivo da redução que tinha aparecido nos últimos números. Precisava mudar uns correspondentes ineptos e ocupar-se mais com a matéria paga. Por que teria sido aquela diminuição? Lembrou-se de várias causas e afinal encolheu os ombros. Sabia lá!

O público tem caprichos, não se pode afirmar que isto ou aquilo vai agradar. Às vezes gosta de um sujeito e de repente cansa.

Sentiu as pálpebras pesadas, reprimiu um bocejo, continuou a dizer no interior:

— De repente cansa.

Mas ignorava a quem se referia. Um galo cantou na quinta adormecida, um cachorro vagabundo uivou longe.

— Cansa, cansa.

Repetindo a palavra, tentava firmar o pensamento em qualquer coisa e vencer o sono. Endireitou-se na cadeira, abriu muito os olhos, esforçou-se por conservá-los escancarados. Não produzindo efeito o exercício a que se entregava, fez uma tentativa desesperada para alcançar a significação da prosa que vinha dos pulmões cavernosos do homem. Prosa que vinha dos pulmões cavernosos? Não era isto. Dos pulmões cavernosos vinham um pouco de ar viciado que passava por vários lugares e se transformava em prosa. Que lugares? Não sabia. Em todo o caso era fenômeno curioso o ar converter-se em prosa medida, certinha, gramatical.

Notou que o sono tinha fugido, convenceu-se de que possuía muita força de vontade e seria capaz de passar a noite ali, obrigando as ideias disciplinadas a marchar para entretê-lo. Quis recordar novamente a escassez da matéria paga, os correspondentes e a redução da tiragem, mas desviou-se deste assunto que lhe havia provocado o entorpecimento. Observou, com simulada indiferença, os seios e um pedaço de nádega da cantora de rádio.

— Boa.

Infelizmente estava sentada. Em pé, caminhando, era magnífica.

— Sim senhor, muito boa.

No automóvel, roçara por acaso a coxa dela. Um sopro nauseabundo transformar-se em prosa artística. Bonita frase.

Resolveu aproveitá-la em conversa, mas achou que ficaria melhor escrita. Desanimou: estava agora quase certo de a ter lido.

Por acaso, naturalmente.

Lá vinha de novo um bocejo a descerrar-lhe os beiços, afastar-lhe as queixadas.

Por acaso, naturalmente. As ideias misturavam-se. Que é que tinha acontecido por acaso? Tentou lembrar-se, enquanto olhava o nariz, a boca funda e a testa proeminente do velho bicudo, uma cara que, vista de perfil, semelhava uma faca cheia de dentes.

Por acaso. Sim, encostara a perna por acaso na coxa da cantora. E deixara-se ficar junto dela, sacudido pelos movimentos do carro, amolecido, como se a perna já não fosse dele.

— Boa, muito boa.

Um sorriso largo imobilizou-lhe os músculos do rosto, um calafrio correu-lhe o corpo. E derreou-se na cadeira, vencido pelo calor.

A voz fanhosa tinha baixado, era um zumbido inexpressivo. O cachorro tornou a uivar, o galo cantou novamente. Um vento morno entrava por uma janela, agitava os penduricalhos do abajur e os cabelos que enfeitavam o crânio polido e vermelho do escritor decadente.

Quando a pretinha de olho vivo se retirou com a bandeja, o romancista novo meteu a mão no bolso para tirar um cigarro. Depois do café, nunca deixava de fumar. O escritor decadente empilhava os papéis em cima da mesa e estendia-se em considerações sobre o trabalho que ia ler.

— Admirável — balbuciou o romancista novo procurando o cinzeiro.

Mas o cinzeiro estava no outro lado da mesa, perto do rapaz zarolho. A leitura começou, o velho bicudo exclamou "Bonito" e recebeu uma censura muda.

— Vou passar a noite sem fumar — suspirou o romancista novo furioso, sorrindo e balançando a cabeça num gesto de aprovação.

Teve acanhamento de interromper a cerimônia indo buscar ou pedindo o cinzeiro: ficou sentado com a mão no bolso, machucando o cigarro, projetando vinganças. Aperreava-o aquele horrível calor, o vento morno que lhe aquecia as orelhas. Começava a antipatizar fortemente com o rapaz zarolho. Tinha conhecido um sujeito como aquele muitos anos antes. Onde? Quando? Uma cara assim pálida, um bugalho zombeteiro. Quem seria? Procurou, procurou, afinal renunciou à busca e pensou nas amabilidades pérfidas que um crítico lhe endereçara na véspera, lisonjas suficientes para arrasar um livro. Teria sido melhor receber um ataque feroz, em redação de carta anônima, desses que aparecem às vezes nas folhas da província. Odiou o crítico. Safadeza: louvara exatamente as coisas mais bestas que ele havia escrito.

Sentiu a pupila do zarolho fiscalizando-o, teve a impressão de que o tipo mangava dele. Virou o rosto, notou que as pálpebras do diretor da revista se cerravam, temeu adormecer também.

Na sala quente a voz fanhosa e encatarroada zumbia, o velho bicudo erguia os braços com entusiasmo, aproximava-os como se quisesse bater palmas.

— Cretino.

De repente a figura esquecida surgiu. Era o professor de geografia, um horror que tinha aquele olho vidrado, parecia não ligar importância às pessoas a quem se dirigia, examinava os objetos afastados, vigiava sem querer todos os alunos. Lembrou-se de que esse professor de geografia venerava o escritor decadente. Fora ele que, nas horas de recreio, lhe impingira a literatura oca e palavrosa que agora ouvia distraído. Recordou o que experimentara naquele tempo, menino de calças curtas, leitor de romances de capa e espada, livros de viagens e contos obscenos. O diabo do vesgo lhe pusera nas mãos um volume cheio de arrumações difíceis. Indignara-se, resistira à influência do mestre, que pregava o dedo amarelo numa página, tentava mostrar-lhe com paciência belezas imperceptíveis. Tinha-se habituado às viagens maravilhosas, aos folhetins, às histórias indecentes. As personagens da ficção iam visitá-lo na cama. E uma peste lhe afirmava que o que valia era aquilo: palavras incompreensíveis, dispostas cuidadosamente. Chorara, despedira-se dos seus queridos heróis das aventuras. Estúpido. Julgara-se estúpido por não descobrir o que havia de bom na obra recomendada.

O autor agora estava ali, despejando frases da boca mole, gargarejando vogais sonoras no fim dos períodos.

— Estúpido, estúpido.

Alegrou-se dizendo mentalmente que o homem era estúpido. E sorria, balançando a cabeça, aprovando aquelas misérias.

A necessidade de fumar tornou a aparecer-lhe. Voltou-se, tentou medir a distância que o separava do cinzeiro, ainda se remexeu para ir buscá-lo. Ninguém lhe percebeu a intenção. O diretor da revista cochilava. Os outros fingiam escutar a leitura. Apenas o zarolho fixava nele o bugalho.

— Patife.

A associação que se havia operado no espírito do romancista novo fez que o insulto resmungado se aplicasse indiferentemente ao rapaz zarolho e ao professor de geografia.

O vento morno continuava a entrar pela janela.

Um cinzeiro à disposição de um sujeito que não fumava. Tudo assim, tudo mal distribuído.

Machucava cigarros inúteis e sentia-se leve, o vento morno o transportava para longe dali.

— Patife.

Era o professor de geografia, o bruto odioso que lhe incutira confusão terrível na pobre cabeça. Um dedo amarelo sublinhando as expressões mais vistosas, um olho torto e severo ameaçando autores ausentes, o outro admirando guloso o livro aberto.

— Canalha.

Evitara o bicho desalmado, mas assistira à morte dos heróis de capa e espada, ficara muito tempo desgostoso, sem achar quem os substituísse. E uma dúvida começara a roê-lo. Teriam as palavras desusadas mais valor que as ordinárias? Não gostava delas, adormecia lendo-as, mas invadira-o um medo supersticioso do literato incompreensível.

Ainda agora, soprando no calor e triturando cigarros, conservava aquele receio vago. Talvez na prosa balofa e antiquada houvesse qualquer coisa que ele não podia sentir. O escritor decadente, um pobre-diabo, tivera admiradores sinceros. Seria realmente um pobre-diabo? Onde andaria àquela hora o professor de geografia? Esforçou-se por entender alguns períodos. Inutilmente. Experimentou a mesma aversão que o enchera em criança, quando vira o dedo longo pregado na página, a unha amarela indicando mistérios.

O cachorro distante uivou pela segunda vez. Em que estariam pensando as criaturas ali presentes? O velho bicudo extasiava-se num sorriso baboso. Uma parte do zarolho escutava a leitura e o resto se enjoava em excesso. O diretor da revista escancarava os olhos, resistindo ao sono. A cantora de rádio pregava um cotovelo na mesa e encostava a testa na palma da mão. Nem se mexia.

No momento em que a moleca retirou as xícaras e a bandeja, a cantora viu o monte de folhas, notou o perigo, estudou as caras dos companheiros. Em seguida encolheu-se e baixou a cabeça. Pouco a pouco, embalada pela música fanhosa, distraiu-se, brincando com a pulseira. No calor medonho o vestido apertado incomodava-a demais, as calças molhadas de suor colavam-se-lhe às coxas. Se estivesse em casa, meter-se-ia no banheiro.

Abriu a bolsa, tirou o lápis miúdo e a caderneta, rabiscou um número de telefone.

O escritor decadente interpretou isso mal, suspendeu a leitura e mandou-lhe um fúnebre sorriso de agradecimento.

A cantora de rádio continuou a bulir na pulseira, pensou com desgosto no marido, de quem mal recordava as feições. Em três anos de afastamento esquecera-o. Se o encontrasse na rua, passaria indiferente. No princípio da separação imaginara que se arriscava: aquela pessoa antipática se havia grudado a ela, era um órgão necessário. Receava a amputação. Contudo o pedaço cortado não lhe fizera nenhuma falta.

O galo cantou, o cachorro uivou, mas a moça não os ouviu. Lembrava-se da vida de solteira, das praias de banhos e do carnaval, da liberdade que o casamento suprimira. Licença para sair, hora certa para entrar, um indivíduo ciumento a arredá-la das janelas, a determinar-lhe o comprimento dos cabelos e o decote dos vestidos. Chateava-se. Não queria enganar o tipo a que se tinha juntado, mas aquela intromissão nos seus gostos dava-lhe fúrias de rebentar pratos. Nunca rebentara nada. Como era de natureza tranquila, aguentara um ano de amolação. Afinal se desligara.

O sapato do zarolho encontrou-lhe o pé por baixo da mesa e logo se desviou. As peças do mecanismo da cantora funcionaram com o fim de levantar os ombros, estirar o beiço inferior, produzir uma ligeira expiração pelo nariz e pequenas oscilações de cabeça, mas receberam impulso fraco, e os movimentos esboçados foram quase imperceptíveis. A moça permaneceu com o cotovelo sobre a mesa e a testa apoiada na palma da mão. Estava cansada, morrinhenta, as coxas num banho de suor. Quando o sapato do vizinho lhe tocou pela segunda vez o pé, virou com dificuldade a cabeça, ergueu as pálpebras pesadas, estendeu o braço livre e segurou molemente o cinzeiro. O zarolho desviou a cadeira com precipitação.

Cansada, amodorrada, a fisionomia do marido avivando-se e desbotando. A voz antiga reapareceu, fanhosa, ranzinza, dando leis a respeito do corte dos cabelos e da cor da roupa. Hora para sair, hora para entrar — e ela andava na rua como se estivesse amarrada por um cordel.

Olhou os livros das estantes, teve a impressão de que eles haviam sido pigarreados por vozes fanhosas, ouvidas por pessoas sonolentas, em noites de calor. E todas as vozes ordenavam que as mulheres fossem marionetes, puxadas a cordões.

Estirou as pernas entorpecidas, espreguiçou-se na cadeira, moderadamente, percebeu o tique-taque do relógio, a pancada de uma porta, um uivo lamentoso a distância. Voltou a cabeça para o mostrador. Mas levantou-se antes de ver os ponteiros.

Estavam todos de pé. O velho bicudo dava pulinhos e agitava os braços como se quisesse voar; o rapaz zarolho tinha um brilho de entusiasmo no olho certo; o romancista novo murmurava amabilidades que estivera a compor no fim da leitura; o diretor da revista, arrancado aos cochilos, engasgava-se e apertava atrapalhado as mãos do dono da casa.

— Lindo, lindo — exclamou a cantora de rádio.

Não achou coisa melhor para dizer. Também não desejava mostrar-se. Queria livrar-se depressa, rodar para casa, tirar a roupa molhada, tomar um banho e dormir.

— Lindo, muito lindo.

Ajeitou o chapéu, agarrou a bolsa e as luvas.

Retiraram-se.

O escritor decadente acompanhou-os ao portão balbuciando agradecimentos. Quando o automóvel se afastou, recolheu-se, meio trôpego, ficou à porta, esfregando as mãos, levemente comovido. Depois abraçou o rapaz zarolho e o velho bicudo. Supunha que os três lá fora lhe atacavam ferozmente a literatura. Sacudiu a cabeça, tornou a esfregar as mãos: tinha tido um pequeno triunfo e não queria pensar em coisas tristes.

Silveira Pereira

O que mais me desgosta aqui na pensão é o hóspede do quarto 9, sujeito de cara enferrujada que se tranca o dia inteiro e não cumprimenta as pessoas. Pelo menos não me cumprimenta. Desconsideração: é impossível que não me veja quando nos encontramos na escada. Ao sentar-se à mesa, abre um livro ou jornal, enruga a testa — e é como se ali não estivesse ninguém.

Os outros hóspedes me escutam, ou antes fingem escutar-me: sei perfeitamente que não prestam atenção às minhas conversas, mas são amáveis. Veem-me quando passo e ouvem o que digo. Eu queria provar a eles que não sou uma criança, procedo como entendo e minha mãe confia em mim. Isto, porém, seria inconveniente: se eu aludisse a minha mãe, logo enxergariam em mim um rapazola que o ano passado vivia preso, com hora certa para entrar em casa.

Sinto que não me tomam a sério e esforço-me por vencer a indiferença ambiente. Não, não é isto. Há até muita benevolência nas caras que me cercam. O que preciso é dar cabo dessa benevolência, mostrar que sou um homem. Se eu tivesse barba, passaria dias sem ir ao barbeiro, sairia à rua com o rosto peludo. Infelizmente estas bochechas lisas e vermelhas não inspiram respeito.

Afirmo que sou estudante. Engrosso a voz e afirmo que sou estudante. Na província eu imaginava que isto me daria prestígio. Não dá.

O número 7 é empregado no comércio, o 5 é oficial do exército, o 2 é funcionário aposentado, a senhora do 4, viúva, idosa e surda, só se ocupa com igrejas. Essa gente desconhece o que significa um estudante.

Encomendei cartões de visita, largos, vistosos, com letras bem graúdas: Fulano de tal, estudante. Pensariam talvez que sou acadêmico. Distribuí os cartões, não ligaram importância a eles. Também a ideia de oferecer um cartão ao número 7!

Sou um intelectual. Vi este nome há dias numa revista e fiquei gostando dele. É bonito.

Minha mãe não tem noção do que estou fazendo aqui, pensa que vou ficar doutor logo, ignora que o curso de humanidades é muito comprido. Muito comprido. Paciência. Enquanto espero, mandei fazer um smoking, que está enrolado numa toalha, com pacotes de cânfora nos bolsos, por causa das traças. Não vão as traças roer a seda da gola. E aprendi a fumar. Isto não me dá prazer, mas é necessário.

O que eu desejava era demonstrar àquele sujeito do número 9 que ele não tem razão para me considerar menino. Não, estou enganado. O número 9 não me considera isto nem aquilo: retira-me do mundo, e é o que me aperreia.

Vi-o há tempo descer a escada com um rolo de papéis debaixo do braço e presumi que ele fosse literato. Alegrei-me. Tenho vontade de ser literato, não agora, naturalmente: para o futuro, quando terminar o meu curso de direito. Direito ou medicina? Bem, não sei, qualquer coisa. Indispensável é ter um, e chegarei lá, hei de chegar lá, porque meus tios e minha mãe acham que a gente deve formar-se. Preciso comportar-me com juízo para virar doutor. Depois serei literato.

Diante das vitrinas das livrarias, sonho, faço projetos: seria bom ver o meu nome na capa de um livro.

Quando o número 9 desceu a escada, trombudo, com o rolo de papéis debaixo do braço, disse comigo: — "É um literato." E de repente admirei-o. Abandonei as lições e estive duas noites trabalhando num conto, que saiu bom. Corrigi-o, mandei copiá-lo a máquina, passei dias esperando coragem para mostrá--lo ao homem. Recebeu-o, leu-o devagar, sentado à cabeceira da mesa, enquanto bebia café. As rugas da testa apareciam e desapareciam, os olhos baixos escondiam-se por detrás dos óculos escuros, a cara balofa e amarela não se mexia. Calculem a minha inquietação, ali torcendo-me na cadeira, diante do monstro gordo e mole que, de olhos ausentes, chupava o café, com as folhas datilografadas encostadas ao açucareiro. Leu e devolveu--me a literatura em silêncio. Uma ofensa grave, como veem.

Engoli-a porque não tive outro jeito e porque me parece que o sujeito é importante. Reparei bem no rolo de papéis que ele trazia debaixo do braço, um rolo enorme. Que haveria nele?

O número 9 tem a amarelidão e a tristeza do homem de pensamento e conserva luz no quarto até alta noite, o que faz d. Aurora resmungar e queixar-se. D. Aurora embirra com essa história de trabalhar à noite.

Foram os vidros iluminados e o rolo de papéis que me fixaram a resolução de escrever o conto. Pensei que o 9 me pudesse dar um conselho útil. Enganei-me: aquela gordura fria de capado nem buliu.

A princípio fiquei muito perturbado, supondo que o meu conto não prestasse. Realmente nunca aprendi essas coisas, sou um ignorante. Mas seria necessário aprendê-las? Há indivíduos que estudam em vão. O número 9 devia ser um desses. O dia inteiro trancado, gasto enorme de luz — e no fim era aquilo: macambúzio, grosseiro. Certamente não havia percebido as minhas letras. Julguei-me uma pessoa incompreendida. Achei bonito o adjetivo e repeti-o várias vezes a colegas que me escutam. Pessoa incompreendida.

A vizinhança dos colegas deu-me a ideia de fundar um jornal. Escrevi diversas cartas a minha mãe pedindo dinheiro para livros e matrícula, combinei o negócio com a tipografia — e em menos de um mês o plano amadureceu, era como se o jornal existisse. Acostumei-me a pedir colaboração aos amigos e a falar muito alto no telefone. Piso firme diante da porta do número 9, desço a escada batendo os calcanhares, chego a um canto da sala de jantar, movo o disco. Desligo o aparelho e ponho-me a conversar sozinho meia hora. Entretenho-me nesses monólogos, discuto, falo sobre a tiragem, tenho a ilusão de que a folha vai surgir no dia seguinte.

Passa-se o tempo, desanimo, receio não efetuar o meu desejo. Continuo, entretanto, a cultivá-lo, a rodar o disco do telefone, a dirigir-me a criaturas imaginárias. É impossível que, por muito ocupado que esteja, o número 9 não me ouça. Faço um barulho tão grande que ele tomará conhecimento da minha arte. Hei de arrumar o conto numa primeira página, com entrelinhas. Quando isto acontecer, deixarei exemplares do jornal esquecidos em cima dos móveis. O homem pegará um por acaso e ficará espantado vendo o meu nome.

Talvez não fique, é até possível que ignore o meu nome. Eu, que ainda sou novo na pensão, tenho dúvidas a respeito do dele. Pereira ou Silveira? O hóspede do 7 diz que é Silveira, mas a viúva do 4 afirma que é Pereira, e d. Aurora concorda com os dois. Creio que ele se chama Pereira Silveira, ou Silveira Pereira. Afinal estou perdendo tempo, o sujeito não merece que a gente se incomode assim com ele. Deve ser um pobre-diabo carregado de achaques e dívidas.

Preciso meter a cara no estudo, para agradar minha mãe. Estou cru. Nem sei ler francês, é uma lástima. Vou agarrar-me aos livros.

Tomo a resolução e não me agarro. Penso nas mulheres da pensão aqui ao lado. Abro a janela e vejo a alguns metros de distância um quarto forrado de papel vermelho, um pedaço de cama e enorme quantidade de frascos. Para que tantos frascos? Às vezes, à noite, aparecem na cama pernas de mulher. Com semelhante vizinhança, não posso trabalhar. Debruço-me à janela e fumo, espiando essas coisas e as folhas da palmeira do jardim.

O pensamento vagabundo vai, vem — e escorrega para Silveira Pereira. Aperto os dedos, com raiva. O que devo fazer é ocupar-me com o jornal. Mas isto equivale a ocupar-me com Silveira Pereira: a lembrança do jornal só me veio porque desejei chamar a atenção dele. Essa necessidade de mostrar-me ao diabo do homem, de lhe dar impressão favorável, enjoa-me. Que ganho eu com isso? E por que fui escolher exatamente Silveira Pereira? Ele não tem nada de particular, é um tipo ordinário. Modos indistintos, roupas indistintas. E caminha lento, de cabeça baixa. O que o caracteriza é o hábito de mexer os beiços para dentro, como se tivesse vontade de comê-los. Fora isso, um vivente apagado.

Antes de conhecê-lo, arranjei meio de ir a uma festa e surgi na sala de jantar vestido no smoking. Foi um escândalo: d. Aurora e a viúva do 4 assustaram-se.

Hoje isso não me satisfaria. O meu desejo é convencer Silveira Pereira de que sou um intelectual. Ao sentar-me à mesa, desdobro tiras escritas em cima do prato. Toda a gente vê logo que são originais para a composição. O jornal, sim senhor. Tenho gritado tanto que me comprometi, acabarei realizando o projeto longamente divulgado. Publicarei dois ou três números, o suficiente para justificar a propaganda. Sairão os artigos dos colegas e sairá o conto que Silveira Pereira leu e me restituiu em silêncio. Estará ruim demais o conto? Ou será que Silveira Pereira não entende disso?

De qualquer forma o homem esquisito me atrapalha. Farei novas tentativas, escreverei outros contos, que não me darão nenhuma vantagem. Talvez deem desvantagem, uma reprovação, porque enfim estou cru. Além disso minha mãe e meus tios xingam sempre os literatos. Devem ter razão. Mas não importa. Vou fazer outros contos, que mostrarei a Silveira Pereira. Preciso conhecer a opinião de Silveira Pereira.

Este livro foi impresso pela PifferPrint
em fonte Arno Pro sobre papel Pólen Bold 70 g/m²
para a Via Leitura na primavera de 2024.